JN055445

# 未必の山

—MIHITU—

聖　岳郎

# 目次

# スパイト

# 1

秩父多摩甲斐国立公園内の、山梨県と埼玉県の県境に東西に延びる山塊の奥秩父主稜線は、標高２０００メートルを超える金峰山（きんぷさん）、甲武信ヶ岳（こぶしがたけ）、雲取山などの日本百名山に数えられる山々が連なり、随所で望める富士山の眺望と、コメツガ、シラビソの深い樹林帯の中の静かな山歩きを楽しむために入山する登山者は少なくない。

ゴールデンウイークと、五月下旬から見頃となるシャクナゲの季節の間の残雪の残る時期、登山者の比較的少ないこの時期を狙ってこの山域に入った六人のパーティーが、甲武信ヶ岳から南東に延びる主稜線の縦走路を歩いていた。

早朝に山小屋を出発した六人は、甲武信ヶ岳の山頂で、昨日見る事が出来なかった雪のフードを被った富士山の姿を目に焼き付けた後、日本三峠に数えられる雁坂峠（かりさかとうげ）を目指し、木賊山（とくさやま）から笹平に下る登山道を歩いていた。

男女三人ずつのパーティーの三番目を歩いていた高野鮎美（たかのあゆみ）は、背負っていたザックに何かがぶつかるのを感じた。間髪を入れず大きな衝撃を背中全体に受けた高野鮎美は、急な下りの登山道から外れ、３メートル程落下して止まった。

高野鮎美が受けた大きな衝撃は、後を歩く友人の内村理沙（うちむらりさ）が倒れ掛かって来た衝撃だった。岩場ではなかったことが幸いして、二人とも膝、肘の擦過傷と腰部、臀部の軽い打撲で済み、予定時間を大幅に超えたものの、無事西沢渓谷のバス停まで下山し、帰路に着くことが出来た。


それから三週間後の六月初旬、梅雨入り間近の予報の中、高野鮎美は友人二人と共に、南アルプスの北部に位置する鳳凰三山の登山口の一つである、夜叉神（やしゃじん）峠登山口のバス停に降り立った。時刻は午前十時二十分を過ぎたところだった。

高野鮎美二十七歳独身。都内の短大を卒業後証券会社に就職したものの、体調を崩して退職、現在は杉並の実家からほど近い吉祥寺で、スナック従業員として収入を得て両親と共に暮らしている。

友人は、池永由加（いけながゆか）二十七歳独身。三鷹市にある杏雲医科大学付属病院の看護師として勤務している。もう一人は、望月愛（もちづきあい）二十七歳独身。杏雲医科大学付属病院の薬剤師だった。

三人は、井之頭（いのがしら）女子学園高校の同級生で、卒業後も事あるごとに会い、旅行も一緒に行く仲だった。数年前からは山ガールブームの中で、年に数回の山登りも楽しんでいたが、池永由加が、今秋結婚を予定していることから、独身三人で山に登ることも最後かも知れないと計画した山行だった。

鳳凰三山を選んだのも、登山計画の日程を含めた計画を立てたのも高野鮎美で、三人で日本最高峰の富士山、第二峰の北岳を眺め、シャクナゲの登山道を楽しもうという計画だった。

三人は、カラマツとミズナラの樹林の中の登山道を夜叉神峠に向けて登った。新緑が美しく、途中、北岳、間ノ岳、農鳥岳の白根三山の眺めに歓声を上げた。一時間程で山小屋の建つ峠に着いた。今日の宿となる山小屋までは、まだ五時間近く歩かなければならなかったが、三人の足取りは軽く、峠で昼食を食べると直ぐに歩き始めた。

三人は、女子高時代の話から、職場の話、そして交際、結婚に関してのそれぞれの想いなど、女友達ならではの気の置けない会話を楽しみながら歩いた。火事跡と呼ばれる途中の開けた場所は、富士山の絶好の展望地で、三人はここで自撮りの写真を取ったが、富士山の頭には、笠雲がかかり天気が下り坂であることを窺わせていた。三人が宿泊予定の山小屋に着いたのは、午後四時過ぎだった。

翌日三人は、天候の崩れを予想して早朝六時に小屋を発った。

標高２７００メートルの森林限界を超え、薬師岳直下の小屋から十分程で、標高２７８０メートルの薬師岳頂上に着いた三人は、小屋で作ってもらったおにぎりを食べ、コーヒーを飲んだ。時刻は七時四十分を回っていた。

頂上は、花崗岩の砂礫の白砂で広々とした山頂で、晴れていれば谷越に白根三山と、左後方に富士山の雄大な姿が望める筈だったが、今日はガスの中に隠れてしまっていた。

ポツリポツリだった雨が、コーヒーを飲み終わる頃には本降りに近付いていた。三人はレインウエアを身に着けた。薬師岳から鳳凰山の最高峰の観音岳（かんのんだけ）までの稜線は、このコースの最も美しい爽快な歩きが出来るメインコースなのだが、今日は残念ながら三人はただただ足下を見て歩くだけだった。観音岳に着いたのは午前九時を回っていた。

鳳凰三山の最高峰、標高２８４０メートルの観音岳頂上からの富士山をバックに、三人の写真を撮る事を楽しみの一つにしていたが、それどころではなかった。

早々に頂上を後にした三人は、望月愛を先頭に池永由加、高野鮎美の順で、観音岳山頂からの岩場を下って行った。

「あっ、由加危ない！」最後尾を歩く高野鮎美が突然叫んだ。

池永由加は「あっ」と小さく声を発して、高野鮎美の叫び声に振り返った望月愛の体をかすめるように滑落し、１０メートル程落ちた所で止まり、動かなかった。望月愛もバランスを崩して池永由加と同じ辺りに落ちた。鮎美は雨に濡れた岩場を二人の元へ急いだ。池永由加のピンクのレインウエアは赤い血で汚れ、フードが外れた顔には、頭から流れた血が滴るように流れて目を閉じ、鮎美の呼びかけにも反応は無かった。その傍らに倒れた望月愛は、意識はあるものの、うめき声とともに顔は苦痛に歪み青白かった。

鮎美は、薬師岳直下の山小屋まで救助要請に戻る為、岩場を登り返した。時刻は午前十時を少し回ったところだった。

小屋へ向かう途中、鮎美は単独行の男性と行き会い、事情を説明して協力を依頼した。男性は、一瞬の間があったのち、観音岳直下にいる二人の所で、鮎美が戻るまでの間付き添う事を引き受けた。鮎美の必死の願い、雨中の懇願に男性は引き受けたのだった。

救助要請を受けた山梨県警だったが、生憎の視界不良の天候でヘリが飛べず、麓からの遭難救助を待つしかなかった。鮎美は小屋番の男性と共に現場へ戻り、小屋番が用意した簡易テントの中で救助隊の到着を待った。

救助隊が到着したのは、夕刻の五時を過ぎた頃だった。薬師岳直下の小屋まで運ばれた池永由加と望月愛は、翌日早朝に県警の救助ヘリで甲府市内の病院に運ばれたが、池永由加は死亡が確認され、望月愛は大腿骨骨折の重傷で入院となった。

## 2

東京を含めた関東地方が、梅雨入りして十日程経った六月中旬、東京国分寺のトレーニングジムで汗を流す中年の男に、長身の若いインストラクターの男性が声を掛けた。

「空木（うつぎ）さんに相談したい事があるのですが、トレーニングが終わったら時間を取っていただけませんか」

インストラクターの池永雄造（いけながゆうぞう）は、周囲に気遣う様に小声で、空木（うつぎ）という髪を短く刈上げた中年の男に話し掛けた。

一時間後、二人はジムの玄関横の長椅子に横並びで座った。

「空木さんは確か探偵事務所を開いていらっしゃいましたね。それに山登りもされている……」

「ええ、そうですが……」

池永の質問に空木という男は、怪訝な顔を見せて答えた。

空木健介四十四歳、独身。四十を過ぎて十八年間勤めた製薬会社を辞め、出身地の東京国分寺で探偵事務所を開設した。事務所と言っても自宅のマンションの一室を事務所とし、メールボックスに『スカイツリー万(よろず)相談探偵事務所』の小さな看板を貼り付けているだけで、事務員兼調査員兼所長という一人零細事務所だった。仕事は素行調査、不倫調査、高齢者の病院への通院付き添いなどだが、多忙になったことは無い。年金生活に入っている実家の両親のスネに頼る事も多いにも関わらず、趣味の登山と下山後の一杯を楽しみに暮らしている男だ。

「実は僕の三歳下の妹の事で相談なのですが……」

「妹さんがどうかされたんですか」

「妹は、今年の十一月に結婚する予定だったんですが、三週間前の六月四日土曜日に、南アルプスの山で滑落して死にました」

「亡くなった…。南アルプスのどこで亡くなったんですか」

「鳳凰山の観音岳という山の頂上直下の下りの岩場だそうです。僕は、山登りはしませんので、現場がどれくらい危険なのか分かりませんが、空木さんはご存知ですか」

池永は持って来た手帳を見ながら山の名前を伝えていた。

「ええ、鳳凰三山のコースは二度ほど登って歩きましたから大体の見当はつきます」

「そのコースは人が死ぬような危ないコースなのですか」

「2500メートルを超える山の連続ですから危険度ゼロとは言えませんが、比較的危険度は低いコースだと思います。ただ私の記憶では、観音岳から地蔵岳へのルートの下り箇所では神経を遣うところがあったように思います。あの辺りでスリップしたら滑落という事も考えられます」

「スリップですか……。妹が滑落した日は雨が降っていましたから、救助に行ってくれた警察も、雨で濡れた岩場で滑ったんだろうと云っていました」

「妹さんは一人で山に行ったんですか?」

「いえ、高校時代の友達二人と一緒でした」

「その方たちは無事だったんですか」

池永は手にしている手帳を開いた。

「お一人は望月愛さんという方で、妹の前を歩いていて一緒に落ちたそうで、大腿骨の骨折で山梨の病院に入院中だと思います。もう一人の友達は高野鮎美さんという方で、一番後ろつまり妹の後ろを歩いていたそうで無事でした。この方が救助要請したそうです」

「その方の話は聞かれたんですか」

「はい、妹の葬儀の時に聞かせてもらいました」

「やはりスリップでしたか？」

「それが、その高野さんが言うには、妹は滑ったというより足を踏み外した、踏み損ねた感じでフワッと落ちたと言っていました」

「フワッと落ちた……。それで私への相談というのは…」

「妹は本当に結婚を望んでいたのか疑問に思えるのです。これは僕よりもうちの親が、由加は何故こんな時期にそんな高い山に登ったのか分からない。もしかしたら結婚に乗り気ではなかったことが原因じゃないか、と言い出したんです。僕自身も妹の葬儀で涙一つ見せない相手の男性を見て、由加が可哀そうに思えてきて、何故行ったんだろう、本当に事故だったのだろうかと思い始めてきました。それで……」

「事故ではないと言うと……」

「……自ら落ちたのではないかと……」

「……結婚するのが嫌で、断れ切れなくて死を選んだのではないかと考えている訳ですか」

「………」

池永は無言だった。その無言は、空木の言った言葉に否定する意味の無言ではないと、空木は感じ取った。

「でも自殺するなら山でなくても自殺は出来るはずですが…」

「それも考えましたが、友達と楽しい時間を過ごしていて、現実に引き戻される事が迫ってくることで、追い詰められるように死を選んでしまったのではないか、と…」

「妹さんの結婚相手の男性は、何をしている方なんですか」

空木の問いに、池永は持っている手帳を開いて渡した。

「杏雲医科大学病院の先生ですか」空木は渡された手帳を見て呟いた。

そこには杏雲医科大学病院外科医師五島育夫（ごとういくお）と書かれていた。

「妹は杏雲医科大学病院の看護師だったんです。この先生と二年程付き合っていたようで、今年の十一月二十日が式の予定でした。妹に一体何があったのか、警察は事故扱いですし、もし自殺だったとしてもその原因が何だったのかなんて警察にとってはどうでもいい話でしょう。空木さんに相談というのは、妹に何かがあったのか、それとも本当に事故だったのか調べていただけないかという事なんです。調査料は勿論払います」

「……お引き受けすることは出来ますが、かなり難しい調査のように思えます。調べても何も出てこない。やはり事故だったという結論になる可能性も高いように思いますが……」

空木は手帳を池永に返しながら確認するように言った。

「それは承知の上です。それならそれで僕も両親も納得しますから、何とかお願いします」

池永はそう言うと、空木に体を向け、頭を下げた。

「……わかりました」

空木は、改めて池永に、調査のための由加の周辺情報をメールで送ってくれるよう依頼した上で、スカイツリー万(よろず)相談探偵事務所の名刺を渡した。

翌日の夕方空木健介は、池永雄造が送って来た情報を基に、吉祥寺南町のスナックで、高野鮎美と面会した。開店前の店は高野鮎美一人だけでガランとしていた。

「由加の事故の件で私に聞きたいというのはどんな事でしょう」

前もって空木からの電話で面会の用件を聞いていた鮎美だったが、空木の『スカイツリー万相談探偵事務所所長』の名刺を手にして緊張しているようだった。

「亡くなった由加さんのご家族は、もしかしたら由加さんは結婚を苦にしていたのではないか、それで危ない山に登って自殺したのではないかという切ない思いを抱えています。本人が亡くなってしまっている以上、本心を知る術(すべ)はないのですが、ご家族から出来る限り調べて欲しいと依頼されました。それで高校時代からの友達で、事故があった鳳凰山も一緒だった高野さんたち親しい友達なら、何か感じる事があったのではないかと思って話を伺いに来たという訳です。それと……、転落した際の由加さんの姿を間近で見ている貴女の目からはどう映ったのか、つまり事故なのかそうは見えなかったのか、感じた所で良いので話して欲しいのです」

空木はメモ用の手帳を手にした。

空木の話を聞いていた鮎美は、空木から自殺という言葉が出た瞬間から驚きの表情とともに、眉間に皺を寄せて首を捻った。

「由加が結婚を苦にしていた……。それで自殺ですか……。結婚を苦にしていたとは思えなかったです。でも由加は、〈玉(たま)の輿(こし)〉と言われるのが嫌だったみたいで、結婚してからも看護師を続けたいって言っていましたし、勤める病院も探していたみたいですから、自殺するとは……」

「高野さんは、由加さんのご家族に、由加さんは岩場で足を踏み外したと話しておられますが、前日から当日の転落事故までの間に気になるような事はありませんでしたか」

空木の問いに鮎美は、思い返す様に中空に目をやって考えていた。

「前日は特に気になるようなことは無かったと思いますが、あの日雨が降り始めた薬師岳からの歩きで、後から見る限り、由加は時々ふらついているように見えましたけど、雨で足元が不安定になったからだろうと思っていました。観音岳の頂上に着いて、三人で写真を撮って直ぐに頂上からの下りの岩場に差し掛かったんです。私がそこで由加に「雨で濡れているからスリップしないように気を付けようね」って後ろから声を掛けたんです」

「その時由加さんは？」

「レインウエアのフードと雨音で聞こえなかったのか、何も反応はありませんでした。その直後に由加はフワッと崩れるように落ちてしまったんです」

「スリップして滑落したという感じでは無かったということですね」

「私にはそう見えました」と鮎美は頷くようにしながら答えた。

「薬師岳までは気になる事は無かった？」

「はい、雨もまだ降っていませんでしたし、ほぼコースタイム通りに薬師岳に着いて、山小屋で作ってくれた朝食のおにぎりを三人で食べたんです」

「雨は何時頃から降り始めたのか覚えていますか」

「愛の淹れてくれたコーヒーを飲んでいる時に振り始めてレインウエアを着ましたから、雨は七時半過ぎ頃から降り始めたと思います」

「愛さんという方は、入院している望月愛さんですね」

「そうです。愛も巻き添えというか、由加と一緒に落ちてしまったんですけど死ななくて良かったです。由加には申し訳ない言い方ですけど……」

「愛さんは一番前を歩いていて巻き添えということですね」

「私も五月に甲武信ヶ岳(こぶしがたけ)に登った時に、下りの登山道で後ろの友達が倒れ掛かって来て数メートルですが落ちたんです」

「えっ、高野さんもそんな経験をされたんですか。怪我は?」

「幸いな事に、擦り傷と軽い打撲だけで済んだんです」

「後ろの方は大丈夫だったんですか」

「私と同じ軽い怪我で済んだんです。ふらついて倒れてきたらしいんですけど、近くの避難小屋で三十分位休んだら元気になって、歩けるようになったんです」

「なるほど。ところで、転落した後の由加さんの様子はどうでしたか?」

「声を掛けても反応はありませんでした」

「息はありましたか？」

「あったと思いますが、動転していて確認する余裕はなかったです。愛も呻き声でしたし、どうしようと凄く慌てていましたから。ただ由加のレインウエアにもフードが外れた顔にもかなりの血が着いていました。でも戻ってきた時には、由加は生きていましたから息はあったと思います」

「高野さんはそこに二人を残して小屋に救助を依頼しに行った訳ですが、携帯電話は繋がらなかったのですか」

「はい、私の携帯は何処にも繋がりませんでした」

「小屋に助けを求めに行く間に他の登山者には出会いませんでしたか？」

「一人だけ会いました。男性の登山者で事情を説明して、私が戻ってくるまで二人の所に居てもらえないか頼んで協力してもらいました」

「協力してくれたという事は、高野さんが戻ってくるまでの間、二人と一緒に居てくれたという事ですか」

「そうです。私と山小屋の男の人が二人の所に着いた時、黄色いシート、ツエルトって言うんですか、それで二人の体を雨から防ぐように覆ってくれていました」

「ツエルトを持っての単独行というのは、かなり山慣れた方ですね。その男性の名前、住所は分かりますか」

「確か、片倉さんと言う方だったと思いますが、住所までは聞きませんでした」

「その男性の泊まった小屋は、高野さんたちと一緒の小屋でしたか」

「いいえ」と鮎美は首を振った。

「一緒に来てくれた山小屋の方と話している様子では、その山小屋に泊まった方のようでした」

　空木は鮎美の話を手帳に書き留めた。

「救助隊が着いた時には、由加さんはまだ生きていた？」

「……救助隊が着いたのは、夕方の五時過ぎだったと思いますが、私は生きていると思っていましたが……。死んでいたかも知れません。隊員の人たちが、入れ替わりで心臓マッサージをしていました。ヘリが飛んでいれば由加は助かったかも知れなかったのに……。あんな天気の日に登らなければ良かった。私が誘ったんです……」

　鮎美は両手で顔を覆った。

「高野さん、人生の中ではどうにもならない事もあります。それが運命と言われるものかも知れません。同じように転落した、愛さんが助かったのもそういうことではないでしょうか。ところで愛さんの、怪我の具合はいかがですか。話を聞くことは出来ますか」

「まだ山梨の病院に入院していますが、近いうちに勤務している大学病院に転院するようです。家族の負担も大変みたいで、こっちへ来れば少しは負担が減るからって言っていましたから、話は聞くことは出来ると思います」

鮎美がハンカチで涙を拭っている時、店のドアが開いた。

「あら、鮎美ちゃん今日は早いのね」店のママだった。

空木はママに名刺を渡し、山の事故の件で鮎美から話を聞かせてもらったことを説明し、用件は済んだことを告げた。

「鮎美ちゃんは、先月も山で事故に遭って、また事故に遭うなんて、厄払いした方が良いって言っていたんですよ。心の病気は良くなっても命を落としたんじゃ何にもならないでしょ。探偵さんもそう思うでしょ」

ママはそう言って鮎美に顔を向けた。

「ママにも心配かけて、お店にも迷惑かけてごめんなさい。もう山には行きません」

鮎美は小さく頭を下げた。

空木は礼を言って店を出た。時刻はまだ午後五時半を回ったところだった。

# 3

中央線国立駅で下車した空木健介（うつぎけんすけ）は、自宅兼事務所への徒歩十分余りの帰路の途中、『平（ひら）寿司』の暖簾のかかった寿司屋に入った。

間口二間半のこの寿司屋は、平沼という夫婦と、男女の従業員二人の四人で切り盛りしている店で、平沼の『平（ひら）』を屋号としている。

空木はこの平寿司に来始めて二年余りになるが、比較的新しい常連客の一人だった。登山の後、ここで烏賊刺しを肴にビール一杯、焼酎の一杯を飲むことを楽しみにしているのだが、今日は依頼された仕事の調査手順を考えようと暖簾をくぐった。

「いらっしゃいませ」の声に迎えられた空木は、カウンター席に座り、鉄火巻きと烏賊刺しを注文しビールで喉を潤し、「フー」と一息ついて改めて考えた。

今日の高野鮎美の話からは、池永由加が結婚を苦にしていたというような話を聞くことは無かった。結婚しても看護師の仕事を続けようとしていたというのも、結婚を前向きに捉えていた証（あかし）と言える。だとすれば、由加の家族の心の片隅にある自殺という行為は、結婚を苦にしての事とは考え難い。自殺の可能性がゼロとは言えないが、由加の転落はやはり事故と考えるのが妥当なのだろう。そう考える空木だったが、ただ一つ引っかかっている事は、「フワッと落ちた」という高野鮎美の目撃談だった。由加の兄の雄造も、その目撃談から疑問を感じたようだった。

空木は十年ほど前、雪の八ヶ岳の赤岳の頂上直下の下りで、前を歩く登山者がバランスを崩して数メートル落下した場面を、目の前で見たことを思い出していた。その男性は幸いにもハイマツ帯で止まり無事だったが、その時の倒れ方がスローモーションを見ているようにふわりと倒れたのを思い出した。その登山者は、雪山を重いザックを背負っての疲労からバランスを崩しての転落だったが、由加は雨の中の歩きになったとは言え、倒れる程の疲労があったのだろうか。高野鮎美の話からはそんな様子は窺えなかった。

「女将さん、結婚したくない相手と行掛り上結婚する事になってしまったら、女将さんならどうします？」

「突然何を言うのかと思ったら、空木さんとんでもない事を聞くのね。今どきそんな事があるとは思えないけど、私なら逃げるわね。良子ちゃんならどうする？」

女将は、店員の一人の坂井良子に話を向けた。

「好きな人がいれば、その人と、いなかったら女将さんと一緒です。逃げます」

「自殺するという選択肢はありませんか」

女将と良子は顔を見合わせて「ありません」と声を揃えた。

空木は「そうだね」と呟いて、芋焼酎で水割りを作って飲み始め、明日以降面会すべき人物と、確認しなければならない事を整理した。

まず由加の葬儀で、涙一つ見せなかったという由加の結婚相手だった五島育夫。その五島から聞き出したい事は、結婚に関連して由加を悩ませることがあったかどうかだ。そして入院中の望月愛。この二人には必ず面会する必要がある。あとは、由加の職場の上司、同僚の看護師、さらに転落後の様子を知るためには薬師岳直下の山小屋の小屋番と山梨県警の救助隊員、そして協力してくれたという単独行の男性にも話を聞く必要があるだろう。

これで結婚に関する事と、転落前後の状況に関しての調査は一通り済むのだが、空木にはもう一つ確認しておきたいと思う事がさっきから頭に浮かんでいた。それは、高野鮎美の五月の甲武信ヶ岳の山行で、鮎美に倒れ掛かって来た鮎美の友人のその時の状況、体調を確認しておきたかった。由加の「ふわりと落ちた」という落ち方に、空木自身が納得していなかった。

数日後、空木は三鷹市の杏雲医科大学附属病院の外科医局で五島育夫と面会した。

由加の葬儀では涙一つ見せなかったという由加の兄の話を聞いていた空木は、五島に冷たいイメージを抱いていたが、目尻が少し下がった顔は、柔和な雰囲気を漂わせていた。年齢は三十代半ばのように見えた。

空木は五島に名刺を渡し、面会の主旨である、結婚を秋に控えた由加が悩みを抱えているような事が無かったか、家族に代わって確認をしているので協力して欲しい、という事を改めて伝えた。

「あなたの質問の意味が私にはよく理解出来ないのですが。彼女の転落と、その悩みが関わっていると、ご家族は考えているという事なんですか」

五島は空木の名刺を手にして、睨むように空木を見た。

「……少しお話し難い事なのですが、ご家族は由加さんの転落は事故ではなく、自殺したのではないかと疑問を感じて、心を痛めています」

「自殺……」

「その自殺の原因が、秋に控えた結婚にあるのではないかと想像しているのですが、先日一緒に山に登られた友人の方のお話しを伺った限りでは、結婚に悩んでいたようなことは無かったと私は思っています。ただ、周囲の目や声を気にしていた様子もあるようだったので、フィアンセである先生の話を聞いておこうという事なんです」

　空木の話を聞いていた五島は、顔の前で両手を合わせ組んで暫くの間考え込んでいた。

「……彼女が私との結婚を少しでも躊躇う思いがあれば、私も何かを感じたと思います。私は彼女を愛していました。彼女も私を愛してくれていたと思っています。彼女を失った喪失感はとても埋まるようなものではありません。今も彼女の死を受け入れられない、受け入れたくない気持ちがそうさせるのか、何故か涙が出ないのです。葬儀の時も、今も涙が出ないんです。冷たい人間だと思われるでしょうが、涙が出ないんです」

　五島の目は中空を見つめていた。

　そう話す五島の眼差しに、由加が結婚を苦にして死を選ぶとは、空木には思えなかった。

「五島さん、由加さんは（玉の輿）という言葉に心を悩ませていたような話を聞きました。それで結婚後も看護師の仕事を続けたいと思っていたようですが、その辺りの事について五島さんはご存知でしたか」

「はい、知っていました。今年の初め頃だったと思います。病院に彼女宛の封書が届いたんですが、（玉の輿）とだけ書かれた紙が入っていたんです。差出人は書かれていませんでした。その封書は私が預かって持っていますが、それ以来彼女は周囲を気にするようになりました。気にするな、と何度も言いましたが、彼女にしてみればそんなつもりは全く無いのに、そんな風に言われたり、見られたりするのは嫌だったのでしょう。それで結婚後も仕事をしたいと言って、働ける病院を探していました」

「病院は見つかっていたように伺いましたが……」

「はい、私が月に一度手術の手伝いに行っている病院に、来年一月から勤務することに決まっていました」

「どこの病院も看護師不足でしょうから大歓迎でしょう。因みにどちらに決まっていたんですか」

「国分寺の武蔵国分寺病院に決まっていたんですが……」

「そうでしたか……」と空木は腕時計に目を落とした。

「先生、お忙しいところお時間を取っていただいて……」まで空木が言ったところで五島が遮(さえぎ)るように「空木さん」と話し掛けた。

「私からあなたにお聞きしたい事があるのですが、宜しいですか」

「どうぞ、何でしょうか」空木は少し構えるように応じた。

「ご家族が自殺を疑ったきっかけは、何だったのですか。彼女の転落に何か疑問があったから疑ったのではありませんか。そのことから、自殺だとしたら私との結婚が理由ではないかと疑ったのではないのですか」

五島の問いには、何か強い意志が込められているように空木には思えた。

頷（うなず）いた空木は、数日前に高野鮎美から聞いた由加の落下した瞬間の印象を話した。

「彼女はスリップではなく、ふわりと落ちて行ったんですか。それは階段を踏み外すような、夢遊病者のような感じだったということでしょうか」

「そんな感じだったのかも知れませんが、ご家族はそれを自ら落ちたのではないかと疑ったのでしょう」

「それを聞いたら私も疑うでしょう」

そう言った五島は、口に手の甲を当て何かを考えているようだった。

「空木さん、彼女から聞いている限りでは、一緒に山に登った二人の友達は、高校時代の同級生でそのうちの一人はこの病院の薬剤師でしたね。もうお一人は？」

空木は望月愛と高野鮎美について、二人の現況と連絡先を伝えた。

五島育夫との面会を終えた空木は、由加が五島との結婚についてどういう気持ちでいたのか、改めて確認ができたと感じた。由加は結婚を望んでいた。その確信を得た空木は、由加が勤務していた大学病院の病棟の看護師長や、同僚との面会の必要はないと判断し、面会は止める事にした。

# 4

実家の車を借りた空木は、中央自動車道を山梨に向かい、南アルプス警察署の地域課を訪れた。

池永由加と望月愛の救助に当たった深沢という警官は、救助隊が到着した時には、池永由加は心肺停止状態だったことを報告書のファイルを見ながら話し、望月愛も骨折によるショックと低体温症の危険性が高まっている状態になっていたと話した。悪天候でヘリが飛べなかったことが、池永由加の死にどの程度影響したかは分からないが、雨による岩場の状態を含め、天候が悪影響を及ぼしたことは間違いなく、不運だったと語った。

救助に当たった警察は、由加の転落という事故に何の疑念も抱いていない事を、空木は改めて認識した。

南アルプス警察署を後にした空木は、薬師岳直下の山小屋から麓に下りて来ているという小屋番と面会した。

その小屋番は、高野鮎美の救助要請を受けて県警に連絡したが、ヘリが飛べない事から小屋の簡易テントを持って現場へ向かった、と話した。そして、高野鮎美とともに観音岳直下の現場に着いた時は、転落した二人は望月愛とともに池永由加もまだ生きていたと思う、と語った。雨を防ぐ為に、簡易テントと傘で二人を覆ってくれていた片倉と言う単独行の男性のお陰かと思うが、二人のうち由加は意識が無い状態で危険な状態だったと思うと話した。救助隊が到着した時には、由加は死亡していたらしいが、何時(いつ)亡くなったかと空木が訊くと、小屋番は分からないと首を振った。

片倉と言う男性の連絡先を聞いた空木は、東京へ戻った。

片倉康志(かたくらやすし)は、新宿のＩＴ企業に勤務する三十八歳の会社員だった。埼玉県大宮市に住む片倉は、リモートワークの中、空木からの面会依頼を快く受けた。

自宅近くのファミリーレストランで空木と向かい合った片倉は、渡された名刺をテーブルの上に置いた。

「六月三日の事故の事で聞きたいというのはどんな事でしょう」

「その前に、亡くなった池永由加さんのご家族と、あの日片倉さんに協力を依頼した高野鮎美さんが、あなたに大変感謝していました。直接お会いしてお礼が言えないので、私から伝えて欲しいとのことでした」

「私は人として当たり前の事をしただけです。まして山の事故ですから、協力しなかったら罪の意識に一生後悔しますよ。それにしてもあの方が亡くなられたのは、協力した私にとっても残念でした。出血が酷くて意識も無かったので危ないとは思いましたが……」

「池永由加さんは残念でしたが、もう一人の望月愛さんはあなたのお陰で助かったのかも知れないと、救助に向かった小屋番の男性が言っていましたよ。それで片倉さんにお聞きしたいのは、亡くなられた池永由加さんについてなのですが、片倉さんが付き添ってからずっと意識は戻らなかったんでしょうか」

「ずっと側にいて彼女を見ていた訳ではないので分かりませんが、最低限言葉を発することはありませんでした。まるで眠っているようでしたが、呼吸はしていました」

「やはりそうですか。片倉さんに協力を求めた女性と、小屋の男性が到着するまでどの位の時間か分かりませんが、そんな状態だったんですね」

「お二人が来るまで一時間ぐらいだったと思いますが、変わりは無かったですね。もう一人の怪我をしていた女性は、全く動けませんでしたが、何度も何度も「由加ごめんね」って言っていたのが耳に残っています。落ちるのを止められなかったことを詫びていたんでしょうね」

先頭を歩いていた望月愛の体をかすめて落ちて行った由加を、止められなかったことを詫びている言葉だと空木も理解したが、突然転落して来た由加を、女性一人の力で止められるとはとても思えなかった。

「片倉さんは、三人の女性たちとは過去に会った事は？」

空木の問いに、片倉は驚いたように「勿論ありません」と顔の前で掌を振った。


大宮から自宅兼事務所に帰った空木は、転落事故の関係者の中で最後に残った望月愛の自宅である実家に連絡を入れた。既に転院して東京に戻っていた望月愛に面会するためだった。転院先は高野鮎美の言っていた通り、杏雲医科大学附属病院だった。面会も可能ということで空木は面会日を家族に一任して連絡を待つことにした。

望月愛に面会することで転落事故の関係者には全て面会することになるのだが、これまでの面会では、由加の結婚への躊躇いや苦悩は少しも聞くことは無かった。唯一、（玉の輿）という周囲の目や声を気にはしていたものの、その事で死を選んだとは考えられないというのが結論だった。

転落の一瞬に（?）という思いは残るが、事故という結論は変わらないのでは、と空木は考えた。しかし、（?）を考えると、由加の転落事故とは直接結びつかないとしても、高野鮎美が甲武信ヶ岳からの登山道での、軽傷で済んだという転落事故についての確認をしてみたいと空木は思っていた。

高野鮎美は三回目のコールで空木からの電話に出た。

「高野さんに、甲武信ヶ岳からの移動の時の転倒事故の事で、聞いておきたい事があって電話しました。その時、高野さんに倒れ掛かって来た友人の方は、スリップだったのかどうかをお聞きしたいんです」

「……倒れてきた原因ですか。スリップじゃなかったみたいですけど、何故そんな事を知りたいんですか」

鮎美の問いに、空木は由加がフワっと落ちたという事が、心に引っ掛かっている事を話した上で、自分は過去に目の前で疲れからふわりと転倒した登山者を目撃したが、疲れ以外にフワッと転倒する原因があるのだろうかと、疑問に思い聞いておきたい、と説明した。

「あの時の彼女は、疲れからではなかったみたいです。私たちはその後、笹平の避難小屋で休んだんですけど、彼女は三十分近く眠った後で私に謝って、昨夜飲んだ睡眠導入剤の影響でふらついてしまったと言っていましたから」

「……………」

空木は睡眠導入剤と聞いて、前職の製薬会社勤務時代の知識を思い返した。睡眠導入剤には効果の持続時間によって中長時間作用型、短時間作用型、超短時間作用型とある。就寝前に服用して翌日まで作用が持ち越すとしたら、中長時間作用型を飲んだ可能性が高いことを意味していると考えた。しかし、山で中長時間作用型を服用するのはリスクが高い。

「その友達は、長年薬を飲んでいるんでしょうか」

「さあ分かりません」

「……登山の経験はどの程度なんですか」

「私より長い筈ですから十年近いと思いますが……。それがどうかしたんですか」

「山で睡眠導入剤を使うのはリスクが高いので、どの程度の知識がある方かと思って聞いたんです」

「彼女は看護師ですから、ある程度の知識はあると思いますが……」

「看護師？」

「はい、武蔵国分寺病院で看護師をしているんです」

武蔵国分寺病院は、池永由加の結婚相手の五島育夫が、月に一回手術の手伝いに行くという病院だ。単なる偶然だろうか、もしかしたら……。空木の脳裏にある推理が過(よぎ)った。

「高野さん、その友達の看護師さんにお会いすることは出来ませんか。お会いして直接話を聞かせていただきたいんです」

「それは由加の事に関連しているんですか？」

携帯電話の鮎美の声は、そうは思えないという声だった。

「関連しているかどうかを確認する意味で話を聞きたいんです」

「分かりました。連絡して見ますから、私からの連絡を待っていてください」

「お手数かけてすみません。ところで、その方のお名前は？」

「内村理沙さんです。私より五歳年上の女性です」

高野鮎美との電話を終えた空木は、ベランダに出て煙草に火をつけた。

東京で最も安定した地盤と言われる国分寺崖線の上に建つ、このマンションの四階からの眺望は、丹沢山地を前衛にして富士山が見事な姿を見せる。

今日は梅雨空で眺望は生憎だったが、冬の晴れた日に見る事が出来る、夕焼け空をバックにした富士山の姿は時を忘れさせる。空木は、考え事をする時このベランダに出て煙草を燻らせる。

高野鮎美との電話で空木の頭に過った事は、由加も睡眠導入剤を飲んでいたのではないだろうか、自らなのか意識しないまま飲んでしまったのか分からないが……。もう一つ、もし睡眠導入剤という薬物が、甲武信ヶ岳と鳳凰山の二つの事故で影響しているとしたら、両方の事故に高野鮎美が関わっている事を偶然と考えて良いのだろうか、という事だった。


翌日午前中、空木はトレーニングジムで汗を流し、インストラクターの池永雄造にこれまでの面会で聞き取った話からの感触を報告し、これからの予定を説明した。

「山梨の警察にまで行っていただいたんですね。ありがとうございます。先日、杏雲医科大学の五島さんから家に電話がありました。空木さんと面会した翌日だったようで、うちの親に詫びていたそうです」

「五島さんが池永さんのご実家に、お詫びの電話を…」

「ええ、由加との結婚について、うちの親に不信感を抱かせた事を、自分の所為だと言って謝っていたそうです。改めて線香をあげに行きたいとも言っていたそうです。僕が考えていた程冷たい人間ではなかったみたいで、そう思うと由加には結婚させてあげたかったなと改めて思います。後は、空木さんにも気にしていただいている由加の転落が、事故だったという事であれば調査は終了ですね」

「そう言うことですが、あと二人との面会が残っていますから、終わってから報告させてください」

そう言って話を終えると、空木のスマホが鳴り、画面に（高野鮎美）が表示された。

「空木さん、内村さんが今日の午後二時半に会えるそうですがどうしますか。大丈夫ですか」

「大丈夫です。ありがとうございます」

空木が時計を見ると、昼の十二時を過ぎたところだった。

内村理沙が空木との面会場所に指定したのは、府中街道沿いにあるファミリーレストランだった。そこは空木の自宅兼事務所からミニバイクで十分とかからない距離だったが、空木は早めに行って初対面の内村理沙を、指定のファミリーレストランの入口玄関横で待った。

七分丈のベージュ色のパンツで、ボートネックの横縞の半袖シャツ、ボブヘアの女性が空木を見て小さく会釈した。それが内村理沙だった。

空木は玄関前で名刺を渡し、店に入った。店内は空いていた。

「高野さんのご紹介でお時間を取っていただいて恐縮なのですが、内村さんは高野さんとはどういうお友達なんですか」

内村理沙は少し意外だという様に空木の顔を見た。

「鮎美ちゃんから聞いていなかったんですか。テニスクラブで知り合ったテニス仲間で、山登りの趣味も同じだったので、山登りも時々一緒にする友達です。鮎美ちゃんが勤めている吉祥寺のお店にも時々行っていますよ。それより探偵の方が、何故鮎美ちゃんと知り合うことになったのか、私の方が聞きたいんですけど」

内村理沙は手に持ったままの空木の名刺に目を落とした。

「すみません。そこから先にお話しすべきですね。鳳凰山の転落事故の件は、高野さんからお聞きになっていると思いますが、その事故で亡くなられた方のご家族から、ある調査を依頼され、それでその亡くなられた方と一緒に山に登られた高野さんと面会したことで知り合った訳です」

「転落事故のことは鮎美ちゃんから聞きました。びっくりしました。しかも亡くなった人はうちの病院にお手伝いに来てくれている五島先生の婚約者だと聞いて二度びっくりしました。目の前で友達が転落するところを見た鮎美ちゃんは、凄いショックで山登りはもう止めるって言っていましたから、相当ショックで堪えたみたいですよ。でもその事故と、私が甲武信ヶ岳の山行で転倒したことと、何か関係するんですか。お聞きになりたい事はどんな事なんでしょう」

「……甲武信ヶ岳からの登山道で、睡眠導入剤の持ち越し作用でふらつき転倒したというあなたの話を高野さんから聞きました。それを聞いて、ここからは私の勘繰り、というか邪推かも知れないのですが、亡くなられた方は、もしかしたらあなたと同様に睡眠導入剤、眠剤を飲んでいたのではないかと……。それで直接あなたから話を聞きたいと考えたんです。内村さんが、どんな眠剤を何時飲んで、転倒した時の意識状態はどんな感じだったのか話していただけませんか」

空木の話を聞いていた内村理沙は「おや」という顔をして「空木さんは、眠剤の事に詳しいみたいですが…」と訊いた。

「ええ実は、私の前職は製薬会社のＭＲでした。詳しい知識とはとても言えなくて、浅く広くという知識ですが、一般の方たちより少しだけ分かっているつもりです。ですから、眠剤の就寝前の服用で翌朝まで持ち越してしまう眠剤は、恐らく中長時間作用型の眠剤ではないかという程度の推測は出来るんです」

そう説明した空木だったが、知らず知らずのうちに自慢げに話している自分の様に、恥ずかしくなった。それは空木の中に残る、ＭＲとして勤めたことの誇りだったのかも知れなかったが。

「そうだったんですか。ＭＲさんだったんですか。会社はどちらだったんですか？」

「万永製薬に在籍していました」

「えー、万永製薬ですか。じゃあうちの病院に来ている飯豊さんをご存知ですか」

「いいえ知りません。私は東京をずっと離れていて、転勤続きで最後は札幌支店でしたから、その飯豊さんと言う方は全く知らないんです。ところで、さっきの話に戻りますが、眠剤は何を飲まれたんですか」

空木は横に逸れかけた話を戻した。

「………山小屋で夕食のカレーライスを食べた後、一緒に行った先生からいただいた薬を飲んだんです」

「薬の名前は憶えていますか？」

「…うーん、エチゾ…何とかだったと思いますけど」

「エチゾラムですか？」

「そうです。エチゾラムです」

「抗不安薬ですね。それで朝起きた時、違和感があったという訳ですか」

　空木は手帳にメモした。

「いいえ、朝はスッキリしていたんです。朝食を食べ終わって、小屋を出発して甲武信ヶ岳の頂上に行った時もふらついたりしなかったのに、あの下りになる手前辺りからふらついて来て、下りを歩いている途中で真っ直ぐ歩いているつもりだったのですが、鮎美ちゃんに倒れ掛かってしまったんです。自分でもびっくりしました。鮎美ちゃんが大怪我にならなくて本当に良かったです」

「内村さんはエチゾラムのような抗不安薬を飲んだことはあるんですか」

「いいえ、抗不安薬も眠剤も飲んだことは無かったのですが、以前山小屋に泊まった時、興奮していたせいなのか全然寝付けなくて、次の日不安で仕方なかったんです。その事を先生に話したら、エチゾラムを飲んだら良いよと言われて、いただいた一錠を初めて飲んだんです」

「なるほど。それから内村さんが転倒した後、薬の持ち越しかも知れないと言ったのは、内村さん自身がそう思われたんですか」

「いえ、それも避難小屋で休んだ後、先生が言ったんです。でも先生は、エチゾラムは一錠程度では持ち越しはほとんどないのに、私に勧めて悪かったって言われて謝っていました」

「そうですか……」

空木はその医師が言った事と同じ事を考えていた。エチゾラムはベンゾジアゼピン系と言われる薬剤の中でも短時間作用型で、持ち越すことは滅多にない筈だと。

「その先生は、内村さんと良く山に登られるんですか」

「水原(みずはら)先生は私と言うより、私たちと春と秋の年二回一緒に山に登っているんです。甲武信ヶ岳は水原先生を含めて六人で登ったんです」

「山仲間ということですか。楽しそうな職場ですね」

そう言いながら空木は、メモを取っている手帳を何枚か捲り返していた。

「病院に勤務しているのは、先生と私ともう一人の看護師の女性の三人だけで、あとの三人は職員じゃありませんから、職場仲間の山登りという訳ではないんですよ。さっき言った万永製薬の飯豊(いいで)さんもその一人ですからね」

「製薬会社のMRも仲間に入っているんですか。万永製薬以外の会社のMRも入っているんですか」

「ええ、オーシャン製薬のMRさんも一緒でした。そのMRさんは初めての参加でした」

内村理沙が話し終えるのを待って、空木は手帳を一旦閉じた。

「内村さん、もう一つだけ聞かせて欲しいんですが、山小屋の朝食で内村さんだけが食べた物とか飲んだ物とかはありませんでしたか」

理沙は少しの時間、思い出そうとしてなのかテーブルに目を落とした。

「私だけというのはありませんでしたね。お菓子も食べなかったし、食後のコーヒーは六人全員が飲んでいましたから、それは無かったですね」

空木は手帳を開き、コーヒーとだけメモして時計を見た。そして内村理沙に礼を言った。

「空木さん、私はこれから準夜(じゅんや)の仕事に入るので、ここで食事をしてから出ますから、私に構わずお帰りになって下さい」

内村理沙はそう言って、テーブルの上の店員の呼び出しボタンを押した。

# 5

内村理沙との面会を終えて店を出た空木の胸に、ある疑念が生じていた。それは高野鮎美への疑念だった。

高野鮎美は甲武信ヶ岳の山行で、友人の内村理沙が眠剤の持ち越し作用で転倒した現場に、直接関わったことで薬の作用を目の当(ま)たりにした。そしてそれと同じことを鳳凰山の山行で、池永由加に実行することを思いついたのではないか。しかし、それを思いつき実行出来る立場に居たとしても、何の為に高野鮎美は池永由加に眠剤を飲ませたのか、そんな恨みを抱いていたのだろうか。それに薬を飲ませたところで必ず由加が転倒するとは限らない。仮に転倒したとしても内村理沙と同様の軽傷で済む可能性が高いだろう。何の為に飲ませたのか分からないが、池永由加が薬物の作用の影響で転倒した可能性が否定できない以上、薬を飲んだのかどうかの事実確認をすべきだと空木は考えた。

その日の夜、空木は平寿司の暖簾をくぐった。国分寺東高校の同級生の石山田巌(いしやまだいわお)と会う約束をしていた。

石山田巌、四十四歳、妻と中学生の娘一人の三人家族で、国分寺警察署刑事課係長という現職の刑事だった。空木とは高校時代からお互いを「健ちゃん」「巌(がん)ちゃん」と呼び合う仲で、探偵業に就いた空木には心強い相談相手だった。

「巌ちゃん、もう来ていたのか、早かったな」

空木はそう言うとカウンター席に座っている石山田の隣に座った。

「今は大きなヤマは無いからね。健ちゃんのお誘いに待たせちゃ悪いでしょう。ご馳走になる訳だし」

石山田はビールを空木のグラスに注いだ。

「ところで聞きたい事って何?」

空木はビールを飲み干し、いつもの通り鉄火巻きと烏賊刺しを注文した。

「(未必の故意)という事についてなんだけどね。他人にある事をした時に、こんな事をしたら怪我をするかも知れないけど、それでも良いと思ってする行為だよな」

「まあ、そんなところだな。それで怪我をしたら未必の故意による過失傷害だし、もし死んだら過失致死で立派な犯罪だよ」

「殺人にはならない？」

「さあ、俺は法律家じゃないから分からないけど、はっきりとした殺意を持っていたのか、まさか死ぬとは思っていなかった、という故意なのかの区別は難しいようだから、その行為をした本人の意思を裏付ける証拠が無い限り、殺人罪で起訴するのは無理なんじゃないか。しかしなんで（未必の故意）のことなんか聞くんだ」

　石山田はビールが空になると、空木様と書かれた芋焼酎のボトルで水割りを作り始め、ちらし寿司を注文した。ちらし寿司のネタを肴にするようだった。

「……登山中に睡眠薬を飲んだらどうなるか、巌ちゃんは想像できるかい」

「登山の途中で飲んだら危ないだろう。山で眠くなったりしたら場所によっては大怪我するか、死ぬ事もあるんじゃないか。……それを承知で他人に飲ませたら、未必の故意という事になる」

「……………」

「健ちゃん、面倒な仕事を引き受けたみたいだな」

　空木は石山田の「面倒な仕事」という言葉を聞いて、確かに池永由加が睡眠導入剤を服用していたとしたら面倒な仕事になることは間違いないと思った。由加が自ら服用したのか、そうでないのか。そうでないとしたら、誰が何の為に飲ませたのか。転落事故から三週間近く経過してそれを確かめる方法は、当事者の証言しかない。つまり高野鮎美と望月愛に確認する術しかないと空木は思った。

面会の依頼をした望月愛の家族からの連絡がないまま、空木は内村理沙と面会した翌日の夕方、吉祥寺南町の高野鮎美の働くスナックに鮎美を訪ねた。時刻は夕方五時半を回ったところで、夏至の時期のこの時間の空は、雨模様ではあったが空は明るかった。

店内にはまだ客はおらず、ママと高野鮎美が手持無沙汰な様子で話をしていた。

ママの「いらっしゃいませ」の声の後に「あ、空木さん。どうしたんですか」と高野鮎美が驚いたように声を出した。それと同時に立ち上がったママは「ああ、探偵さんか」とがっかりしたように呟いた。

空木はママの許可をもらい、ボックス席に鮎美と向かい合った。

「昨日、紹介してもらった内村さんの話を聞いて、改めて高野さんに聞きたい事が出来たんです」

「内村さんの話を聞いてですか？……それって由加の事と関係する事なんですか」

「私は由加さんも、内村さんと同様に睡眠導入剤を飲んでいたんじゃないかと推測したんです。その薬の持ち越し作用で転落してしまったんじゃないかという推測で内村さんと面会したんですが、その思いがより強くなったんです」

「由加が薬を飲んでいた……。私は全く気付きませんでしたけど」

「望月愛さんにもそこは確認したいところですが、由加さんが前夜に薬を飲んでいないとなったら、残された確認はあと一つです」

「残された確認？」

「残された確認は、由加さんが誰かに薬を飲まされていないか、ということです」

「……誰かに飲まされた？ですか」

「そうです。それも由加さん本人は、それと気付かないうちに飲んでしまったのではないかということです」

空木はそう言うと、高野鮎美の顔の変化、目の動きを注意深く追った。

空木の視線を感じたのか、鮎美は驚いたように「私はそんなことしていません」と声を上げた。

鮎美の声を聞いたママが、カウンター席から振り向いて、「どうかしたの」と訊いた。

鮎美は慌てたように「あ、何でもないんです」と掌を顔の前で左右に振った。

「由加にそんな薬を飲ませることが出来る人間って、私と愛しかいないじゃないですか。私も愛もそんなことする筈ありません。する理由もありません」

鮎美の言葉には、怒気が入り混じっていた。

「泊まられた小屋には、三人以外には誰も泊まっていませんでしたか」

「五島さんという由加の彼氏からも同じことを訊かれましたけど、六十代ぐらいのご夫婦だと思いますが、その二人が泊まっていました」

「由加さんの彼氏……。五島さんも同じことを訊いてきた……。それでそのご夫婦らしき二人とは一緒に食事とか摂ったんですか」

「夕食は一緒の時間に摂りましたけど、朝食は、私たちはおにぎりを作ってもらいましたから一緒にはならなかったです。私たちが六時過ぎに出発する頃に、二人は食事を始める感じでした」

空木は頷きながらメモの手帳を捲った。そして「フー」とため息を吐くと「高野さん、ビールをいただけますか」

「え、飲むんですか？空木さん気を遣わなくて良いですよ」

「いえ、時間も時間ですし、飲みたくなりました。ください」

鮎美は微笑みながら立ち上がって、カウンターの中に入って行き、冷えたビールとグラス、そしてつまみを持って戻って来た。

空木は、鮎美が注いでくれたビールを一気に飲み干し、「プハー」と息を吐いた。ママと鮎美は、息を吐いた空木を見て笑った。ビールの泡が空木の上唇にベッタリ付いていた。

「高野さん、事故の起こった日のことですが、小屋を出発して薬師岳頂上までは雨もまだ降っていなくて、順調だったんですよね。それで、薬師岳の山頂で朝食のおにぎりを食べて、コーヒーを飲んでいる辺りで雨が降り始めてきた」

手帳を見ながら確認するように話す空木に、鮎美は頷いた。

「薬師岳から観音岳への道で、ふらつく由加さんを後ろから見たと仰っていましたが、それは薬師岳を出発してからどの位の時間が経っていたか憶えていますか」

空木は手帳から目を上げて鮎美に訊いた。

「……三十分くらい経ってからだったと思います」

「三人の食べたおにぎりは、小屋で作ってくれたおにぎりといっていましたが、三人とも中身は一緒でしたか」

「確認した訳ではないですが、一緒だったと思います。別々の物を作るなんて考えられないですよ」

「そうですよね。コーヒーは望月さんが淹れたと聞きましたが、インスタントのコーヒーか何かですか」

「一人用のドリップコーヒー三つで、それぞれ紙コップに淹れてくれたんです。お砂糖とミルクは良くある細い包みで渡してくれて、三人で飲みましたから三人一緒でした」

「お湯はコンロで沸かしたんですか」

「いえ、愛が持って来た保温ポットに山小屋でお湯を入れてもらったんです」

「なるほど。ところで高野さんは、望月さんが東京に転院されて来てから会いましたか。私はご家族に面会を頼んでいるんですが、連絡がないのでまだ面会が出来ないんです」

「私は一度だけですけど見舞いに行きました。もうリハビリも始める頃じゃないでしょうか。いつでも面会出来る筈なのに、ご家族がうっかりしているのかも知れませんよ。私が直接連絡してあげましょうか」

「……望月さんのご家族には申し訳ないと思いますが、高野さんにお願いして早く面会出来るならお願いしたいです。宜しくお願いします」

空木は残ったビールを空け、ママに礼を言って店を出た。雨模様の空は、やっと暗くなろうとしていた。

空木の推測通り、由加が睡眠導入剤らしき薬物を飲まされたとしたら、それが出来る人間は、鮎美の言う通り鮎美か望月愛のどちらかの可能性が高い。その一人の鮎美が否定しているということは、残るは望月愛しかいない。

睡眠導入剤の持ち越し作用から来るふらつきを、甲武信ヶ岳での経験から知った鮎美に対して、病院薬剤師の望月愛は、薬学知識上この作用を知っていても不思議ではない。由加とともに転落して大怪我をした愛は、ある意味の被害者だったことが空木の目を彼女に向けさせなかった。しかも、由加に薬物を飲ませるチャンスがあったのは、薬師岳の頂上でコーヒーを淹れた時だ。高野鮎美は、由加は薬師岳頂上を出発してから三十分位でふらつき始めたと言っていた。睡眠導入剤の中でも、超短時間作用型なら作用が発現する時間と符合する。病院薬剤師ならその知識は持っている筈だ。どの様にしてコーヒーに混入させたのかは分からないが、由加に睡眠導入剤を飲ませるとしたらそこしかない。しかし、親友の由加にそんな事をするのだろうか。山で睡眠導入剤を飲んだらどうなるか、怪我どころか命に係わること位の想像はつく筈だ。現に由加は急坂の岩場で転落死してしまった。まさか死ぬとは思っていなかったにしても、標高の高い山で睡眠導入剤を飲むリスクは認識していただろう。

空木はその時、高野鮎美とすれ違い、救助協力してくれた片倉康志の話を思い出し、手帳を開いた。救助を待つ間、望月愛は、骨折の痛みに耐えながら、何度も「由加ごめんね」と謝っていたと片倉は語った。その言葉を空木は、自分の横を転落する由加を止められなかったことを悔やんでの言葉だと思っていたが、それはそうではなく、薬物をコーヒーに淹れて飲ませたことを悔いての言葉だったのではなかったかと。

望月愛に面会したいが、会えるのだろうかと思いながら、国分寺崖線の坂道を上がっていく空木だったが、もう一つの気になる事を考えていた。それは高野鮎美に五島育夫が連絡して訊いてきた事だった。五島は何を思って、何の為に鮎美に小屋の宿泊者を訊いてきたのだろうか。

自宅兼事務所に帰ると、空木のスマホが鳴った。望月愛の母親からの電話だった。

面会出来ると思った空木だったが、母親からの電話は思いがけず、会えないという断りの電話だった。その理由は、親友の死にショックを受けているので、その件では会いたくないという理由だった。空木は由加の家族の想いも汲んで欲しいと電話口で話したが、母親は申し訳ないと繰り返すだけだった。電話を切った空木は、高野鮎美からの連絡に微かな期待を持って待つしかなかった。

翌日も雨模様の天気だった。トレーニングジムで汗を流した空木は、インストラクターの池永雄造に、あくまでも空木自身の想像で証拠も何も無いが、由加さんはもしかしたら睡眠導入剤を飲んだことで、ふらつき転落してしまった可能性がある。しかし、事故から三週間経過してその確証を得るのは難しいと説明した。

空木の話を聞いた雄造は「そうですか…」と俯いた。

「空木さんの調査の結論が出るまでは、由加のザックはあの時のまま置いておこうと思って触らずにビニール袋に入れてあるんですが、そろそろ処分することにします」

雄造の言葉に、空木は耳を疑った。

「え、処分せずにそのまま置いてあるんですか。本当ですか」

まさか、由加が転落した時のザックが、そのまま保管されているとは思いもよらなかった。そこに睡眠導入剤を飲んだという証があるとは思えなかったが、そのザックを、その中身を見ておきたいと空木は思った。

「濡れたザックをそのままビニール袋に入れて妹の部屋に置いてありますが…」

「差し支えなかったら、処分される前に一度見せていただけませんか」

「分かりました。明日にでもジムに持ってきますから、見ていただいて結構ですよ」と雄造は快く応じた。


翌日の午前中、空木はトレーニングジムをトレーニングではなく、池永由加の残したザックの中を見る為に訪れた。ジムの片隅で空木は大きなビニール袋からピンク色のザックを取り出し、中身を一つ一つ床に並べた。着替え、コンロ、コッヘル、水タンク、ゴミを入れたビニール袋と、何ら特別な物は無かったが、これを背負って由加は歩いていたのだと思うと、同じ登山の趣味を持つ人間として切ない思いが込み上げてきた。


取り出した物をザックに戻そうとゴミ袋を持った空木は、その袋の中に紙コップらしき物を見た。縛られているそのビニール袋を開けると、それはまさしく紙コップだった。空木はその紙コップの底に茶色いしみが色濃く残っているのを見て、体に電気が走るような感覚を覚えた。

「コーヒーだ」空木は呟いた。

由加が薬師岳の山頂で飲んだ、望月愛が淹れてくれたコーヒーを飲んだ紙コップに違いないと空木は確信した。空木はその紙コップ、ゴミ袋、ザックを並べてスマホの写真のシャッターを押した。

ザックに全てを戻した空木は、ザックを雄造に返して言った。

「池永さん、このザックですが、もうしばらくこのまま残しておいていただけませんか」

予想していなかった空木の言葉に雄造は、「ん?」という顔をした。

「何か気になる事でもあるんですか」

「何とも言えないんですが、私から連絡があるまでもう暫くだけ残しておいてください」

空木は自分の推理を雄造に話す事はしなかった。

自宅兼事務所に戻った空木は、高野鮎美に自ら連絡を入れる事にした。それは何としても望月愛に面会しなくてはならないという思いからだった。

「スマホのメールで愛と連絡を取っているんですけど、今は会えないって言うんです。何か変なんです」

「変と言うと?」

「三日前まではそんな感じじゃなかったのに、昨日は会えないって言うなんて……」

愛に何があったのか分からないが、空木は何としても愛に面会しなければならない。

「……高野さん、どうしても望月さんに会いたいのですが、入院している病室を教えていただけませんか」

「え、空木さん愛に連絡なしで直接会いに行くんですか。それは……」

「どうしても会って確かめたい事が出来たんです。教えていただけないのでしたら、病院に直接行って調べることも出来ますが、高野さんにも同席して欲しいと思っているんです」

「私も一緒ですか……空木さんがそこまで言うんでしたら、分かりました。明日の午後の面会時間に一緒に行きましょう」

空木の勢いに押されたのか高野鮎美は同意した。

高野鮎美との電話を切った直後、空木のスマホが鳴った。発信者番号非通知と表示されていた。空木の認識では、非通知と表示される発信元は、多くは官庁、企業本社部門、公衆電話だ。探偵業を始める前までは、非通知表示のコールには一切出ないと決めていた空木だったが、今は職業柄そういう訳にもいかず全て応じるようにしている。

「スカイツリー万相談探偵事務所所長の空木健介さんですか。こちらは山梨県警南アルプス警察署刑事課の名取と申します。お尋ねしたい事があって電話させていただきました」

「……南アルプス署の刑事課ですか。私に何を……」

空木は南アルプス警察署の地域課ではなく刑事課と聞いて、疑問が膨らんだ。

「空木さんは、先日うちの地域課に来て、六月四日土曜日の鳳凰山で起こった転落事故について調べていらっしゃったようですが、間違いありませんか」

「……ええ、調べたというか、確認させていただきましたが、それが何か……」

「実は先日、匿名であの事故は、事故ではなく事件だから調べて欲しいという電話があって、それについては空木という探偵が調べているから聞いてみろと。あなたがうちの地域課に調べに来たことも言っていました。それで地域課に確認したらあなたの名刺があったという訳で、こうして電話をさせていただいたんですが、どういう事か話していただけませんか」

名取という刑事によれば、匿名の人間からの通報で、空木が由加の転落事故を、事件だとして調べているという。南アルプス警察署に行ったことも知っているとも言った。その事を知っている人物は、由加の兄、池永雄造しかいない。

「事件だと決めつけている訳ではありません。亡くなられた方のご家族の依頼で、事故だったのか、自殺ではなかったのかを調べて欲しいと頼まれて調べている状況ですから、警察にお話しするような事はないのですが……」

「ご家族が自殺を疑っているんですか」

「現時点ではそれは無かったと思っていらっしゃいますから、もう直ぐ私の調査は終わる予定です」

「……そうですか、分かりました」

名取という刑事は突然の電話を詫びて電話を切った。

池永雄造が何故匿名で警察にそんな事を言ったのか、空木には全く理解できなかった。そう思ったなら直接自分に言えば済む筈だ。

空木は、直ぐに池永雄造の携帯番号を選び出した。

「僕はそんな電話はしていませんよ。由加の事で僕が匿名で通報する意味は無いですし、疑問があったら空木さんに直接言います。誰か他の人間ですよ」

「私が南アルプス署まで行った事を誰かに話しませんでしたか」

「誰か……、五島さんに話しました。空木さんがしっかり調べているのかと聞かれたので、警察の事も単独行の男性と面会してくれた事も話しました」

「五島さんが……」

電話を終えた空木は、五島育夫が由加の転落死について何かをしようとしている事は間違いないと感じた。高野鮎美への確認の電話、そして南アルプス警察署の刑事課への匿名の電話。もしかしたら五島は、入院中の望月愛に会いに行ったのではないか。それは何の為か、恐らく自分と同じで、確信はないが、望月愛に何らかの疑いを持ったからではないだろうか。婚約者だった由加の転落に疑いを持ったからではないだろうか。

翌日の午後二時、空木は高野鮎美と杏雲医科大学附属病院のリハビリテーションセンターの玄関で待ち合わせた。

「由加に何て言うんですか。私は空木さんに連れて来られたって言いますからね」

高野鮎美はそう言うと受付の訪問簿に記帳した。

病室を恐る恐る覗いた鮎美は、「あら、いないわ。談話室かな」と、広い廊下を歩いて談話室と書かれた広い部屋を覗いた。

「あ、いました。あそこで、車椅子で窓の外を見ている、栗色の髪でピンクのトレーナーを着ているのが愛です。空木さん、先に行って下さい」

鮎美は空木の後ろに隠れるように後ずさりした。

空木が近付く足音、気配は感じている筈だったが、愛は窓外に目を向けたままだった。

「望月愛さんですか。空木健介と申します。スカイツリー万相談探偵事務所の空木と申します」

「えっ」

愛は少しの驚きを見せ、振り向いた。

「愛ごめん。空木さんにどうしても愛に会うと言われて、私も一緒に来いって言われたの」

「………」愛は黙ったまま、また窓の外に顔を向けた。

「あなたに池永由加さんの転落死についてお聞きしたいことがあってお会いしに来ました。これは由加さんのご家族の想いでもあります」

愛は窓外から空木たちに目を移した。

「そこのテーブルの椅子に座って下さい。鮎美もそこに座って」

愛も車椅子をテーブルの一角に移動させた。

空木は名刺を車椅子の前のテーブルの上に置いた。

「……私にお聞きになりたい事と言うのはどんな事でしょうか」

愛は空木の置いた名刺に目をやったままだった。

「六月四日土曜日の、あの日の由加さんの転落に私は疑問を持っています。それははっきり言って、ある薬物の作用で転落してしまったのではないかという疑問、いや疑惑です。薬剤師の望月さんでしたら、どんな薬物を飲んだらそうなるのかご承知だと思いますが、そういう薬物をあの日あなたは山に持って行っていたのではありませんか」

「………」

「そして、その薬物を由加さんに飲ませた」

「………」

「空木さん、何でそんな決めつけた言い方をするんですか。愛が何でそんな事を由加にするんですか。いい加減にしてください」

高野鮎美は、もう我慢出来ないというばかりに、空木に食って掛かる言い方で割って入った。

「私も親友の望月さんがそんな事をするとは思いたくありませんし、する理由も分かりません。ただ由加さんが、薬物を飲んでしまったとしたら、ふらつき始めた時間から考えて薬師岳の頂上で飲んだと考えるのが妥当なんです。そしてその薬物は、コーヒーが入ったカップの中に入っていた。状況的にそんな事が出来るのは望月さんしかいないんです」

「コーヒーは私も飲みました。愛も飲んでいます。愛はそんな事はしていませんでした」

鮎美の声は泣き声に近い声になっていた。

空木は、鮎美の訴えかけをまるで無視するかのように続けて話した。

「私の推測ですが、望月さんあなたは、予め三つの紙コップのうちの一つに薬物をいれておいたのではありませんか。そしてそれを三つ重ねて持って行って、山頂でそれにお湯を注いだ。二つ目か三つ目のカップなら薬は零れませんし、どれを由加さんに渡すのかも間違えることもなかったでしょう。違いますか望月さん」

「………」

望月愛は何も答えず、テーブルを見つめたままだった。

「ここに写っているザックと紙コップは、池永由加さんがあの日使っていたザックと、あの日薬師岳の頂上で飲んだコーヒーが入っていた紙コップです。ザックも中身も、処分しきれずにいるご家族の想いがこれです。今もコーヒー残渣がこびりついています。この残渣の成分分析をすれば、由加さんが薬物を飲んでしまったのか、そうではなかったのか判るでしょう」

　空木は取り出したスマホから写真を選び、愛の前に置いた。それを見た鮎美が、体を乗り出す様にしてその写真を覗き込んだ。

「その紙コップがあの時の紙コップなんですか。そのピンクのザックは、確かに由加のザックですけど、この紙コップは……」

　必死で訴える鮎美を空木は、じっと見つめた。そして語り掛けるように話した。

「高野さん、由加さんのご家族は、結婚を控えた娘の死を悔やみ、あの日のザックをそのままビニール袋に入れて残してあったんです。捨てられなかったそうです。この紙コップは、そのザックの中のゴミ袋に入っていたんです。間違いなくあの日使った紙コップですよ。言い換えればこの紙コップにはご家族の由加さんへの想いが詰まっているのかも知れません」

「……すみません。そんなつもりで言った訳ではなかったんです」

　鮎美は泣きそうな顔を愛に向けた。

「………ごめんなさい……」愛は絞り出すように言うと、顔を両手で覆った。

「愛……」

鮎美は言葉を失った。そして愛の座る車椅子の後ろに回って愛の肩を撫でるように擦った。空木は二人を静かに見つめた。そして落ち着くのを待って、また話し始めた。

「望月さん、数日前に由加さんの婚約者の五島先生が、あなたに面会しに来ましたね」

膝に目を落としたまま、愛は微かに頷いた。

「五島先生は、あなたが薬物を由加さんに飲ませたのではないかと疑って会いに来たのではありませんか。動揺したあなたは、それ以後由加さんの転落死に関係した人、それからその話を聞きたいと連絡して来た私に、会うのを拒んだんですね」

愛は顔を上げた。その頬には涙が零れていた。

「五島先生は、（玉の輿）と書かれた紙を私に見せて、これは由加宛に来た嫌がらせの手紙だけど、私が出したのではないか、そして山で由加に薬を飲ませたのではないか、と聞きました」

「その手紙はあなたが出したんですか」

愛は首を横に振った。

「先生にはどう答えたんですか」

「知りませんと答えました。私も巻き添えになった被害者です、と言ってしまいました」

愛はまた俯いた。

「あなたは、救助が来るのを待つ間、何度も「由加ごめんね」と謝っていたと、救助に協力して、あなたと由加さんに付き添ってくれていた片倉さんという男性から聞きました。まさか由加さんがこんな事になるとは、あなたは思ってもいなかった。それがその言葉「由加ごめんね」だったのではないですか。あなたも激痛に耐えていた中でのあなたの真の思いだったと思います。聞かせていただけませんか、何故由加さんに薬物を飲ませてしまったのか」

「愛、話して、由加に何故……」

鮎美はテーブルの椅子に戻り、目を真っ赤にして訊いた。愛は再び顔を上げ、鮎美に顔を向けた。

「……由加に意地悪したくなったの。私は結婚するつもりで三年間付き合っていた彼と別れることになったのに……。二人にも言えなかったの。私は結婚出来ないのに、由加はもうすぐ結婚する。妬(ねた)んだの、意地悪してやろうと思ってしまったの」

愛はまた顔を両手で覆った。

「薬物は超短時間作用型の睡眠導入剤ですね」

「……」

「職場の薬局からもちだしたんですか」

愛は黙って頷いた。

「錠剤のままでは飲ませることは出来ないと思いますが…」

「家で、乳鉢（にゅうばち）で砕いて細かく潰（つぶ）して、紙コップと紙コップで挟むようにして持って行きました。こんな事をしちゃいけないという思いと、少し位の意地悪なら良いという思いが入り混じっていました。でも意地悪したいという気持ちが勝ってしまったんです。ごめんなさい……」

愛は嗚咽を漏らし、涙を流した。

その時、他の患者が談話室に入って来たのを鮎美が見て、「空木さん、そろそろ…」と声を掛けた。空木は壁時計に目をやりながら「そうですね」と言って立ち上がった。

「私は、もう少し愛の側にいてあげたいので、空木さんとはここで失礼させてもらって良いですか」と鮎美も椅子から立ち上がった。立ち上がった鮎美に空木が小声で話し掛けた。

「高野さんにお願いしたい事があるので、少しだけ時間をください」

鮎美は頷いて、空木とともに談話室の外の廊下に出た。

「私は近日中に、由加さんのご家族に全てを報告することになります。私の報告をご家族がどう思い、どう対応するのか私には分かりませんが、警察に相談するか、もしかしたら訴える可能性もあります。そうなれば警察が動き始めるでしょう」

「警察が……」

「実は、既に警察に匿名で、事故ではなく事件だとする電話が入っていて、警察から私にその件で電話があったんです」

「え、匿名の電話ですか…」

「私の推測ですが、その匿名の電話を入れたのは、恐らく五島先生だと思います」

「五島先生……」

「それで、高野さんあなたへのお願いですが、いやアドバイスと受け取ってもらった方が良いかも知れません。親友のあなたが、望月さんに南アルプス警察署に全てを話す様に勧めて、いや説得して欲しいんです。もしかしたらあなたが説得しなくても、その覚悟でいるかも知れませんが。彼女は由加さんの死を知ってから、自分がしてしまった事の罪深さを悔やみ、苦しんでいた筈です。誰にも言えず、警察に行く勇気もなかった。高野さんは、こんな経験をしていませんか、子供の頃友達にちょっとした意地悪だと思ってした事が、大事（おおごと）になってしまって自分がしたことだと誰にも言えなくなってしまった、という経験です。人間には、自分も我慢しているんだから、損をしているんだから他の人間も我慢すべきだ、損をすべきだという思いから意地悪な行動、スパイトな行動をしてしまうことがあると言います。私の勝手な推測ですが、望月さんは自分のしてしまった事を、誰かが突き止めてくれることを待っていたような気がします。苦しみから誰かが解放してくれることを待っていたのではないでしょうか。高野さん、あなたにそのお手伝いをしてあげて欲しいんです。彼女の支えになってあげて下さい」

「……支えます。友達ですから」

鮎美は空木に頭を下げ、談話室に戻って行った。

数日後、空木宛に高野鮎美から手紙が届いた。

その手紙には、望月愛は空木の推測通り、警察に全てを話す覚悟を既にしていて、その日のうちに南アルプス警察署に罪の申し出の電話を入れた、と書かれていた。さらにあの日、空木が去った後、愛が鮎美に打ち明けた話も書かれていた。

井之頭女子学園高校当時、望月愛は学年で一、二を争う好成績で、卒業後、薬科大学に進学した。高野鮎美は短大、そして池永由加は看護学校へそれぞれ進んで行った。それぞれの夢や思いをもっての進路選択だったにも拘わらず、愛はその頃から、三人の中で自分が最も上位にいるという勝手な思い上がりが、心を支配し始めた。その思い上がった心に、ある日付き合っていた彼から突然別れを告げられた事がきっかけで、由加に意地悪をしたいという悪魔の心が生まれたと、涙を流しながら鮎美に心の内を明かしたと書かれていた。

話をした後の愛は、すっきりとした表情で、由加の家族への謝罪の手紙を書くつもりだとも言い、いずれ罪を償ったら、由加の墓前で手を合わせ、許される筈は無いが詫びたいという愛の気持ちが書かれ、最後は空木への感謝の言葉で締めくくられていた。

空木は、ベランダへ出た。空は相変わらず梅雨空でどんよりとしていた。

空木は自問した。自分は他人の不幸を喜ぶ人間なのか、それとも人の幸せを心の底から喜べる人間なのか。どちらの人間になりたいのかは、はっきりしている。しかし、今の自分がどっちの人間なのかは分からない。多分、その両方を持っている普通の人間なのだろうが、これまで何度も、スパイトな、意地悪い行動をしてきたのではないだろうか。

空木は部屋に戻り、冷蔵庫から缶ビールを取り出した。缶を空ける音が響いた。

# 未必の山

# 1

医療法人源（みなもと）会武蔵国分寺病院は、東京都の郊外多摩地区と呼ばれる一角、国分寺市の北部、玉川上水近くに位置し、ベッド数１６０床で消化器疾患の治療を中心に、療養病棟も併せ持つ６階建ての病院だった。

その武蔵国分寺病院で六月の下旬、外科医長の水原（みずはら）の執刀で、十時間に及ぶ胆道癌の手術を終えた岩松兼男（いわまつかねお）は、術後暫くしてＩＣＵを出てＶＩＰ用の個室に移った。そして、手術後の補助療法として抗がん剤による薬物療法が始まった。

外科病棟の看護師長の内村理沙（うちむらりさ）は、ＶＩＰ用の個室に担当看護師の松宮加奈（まつみやかな）とともに入室した。

静かに眠っている岩松兼男の横で、妻の久仁子（くにこ）が旅行雑誌だろうか、目を落としていた。

「師長の内村です。奥様も水原先生からお聞きになっているかと思いますが、ＧＳＣ療法という抗がん剤による治療が始まりました。抗がん剤とお聞きになって不安に思うかも知れませんが、手術は成功していますから安心して下さい。ＧＳＣ療法はあくまでも補助療法ですので、1(ワン)クールの治療を済ませたら退院出来る予定ですから頑張って下さい」

内村理沙は、眠っている岩松兼男を起こさないように、声を落として久仁子に話した。

「水原先生からお話しは聞いています。どうか宜しくお願いします」と久仁子は深々と頭を下げた。

「それから看護師さん、先生にもお話ししたのですが、一回目のその点滴治療の後、主人は吐き気が酷くて辛かったそうなんです。続けられるんでしょうか」

久仁子は不安そうに聞いた。

「水原先生にお話しされているのでしたら、次の治療の時には対応していただけると思いますから安心して下さい。私からも先生にはお話ししておきますから」

「宜しくお願いします」

「ところで岩松さんは、うちの理事長とお知り合いのようですが……」

「ええ、麻倉(あさくら)さんとは小学校、中学校の同級生で幼馴染みだそうで、こんな立派な個室に入院させていただいて……」

「水原先生から、岩松さんは理事長の知り合いの患者さんだと聞かされてはいたんですが、そういう事だったんですね。立ち入った事をお聞きして申し訳ありませんでした。特別な事は出来ませんが、私たちもしっかり看護させていただきます」

内村理沙はそう言うと個室を出てナースセンターへ戻った。


今日の予定手術を終えた水原は、院内のレストランで遅い昼食を食べ終わり、夕方の回診に備え外科病棟のナースセンターで、入院カルテの確認を始めた。今は、大病院を中心に外来も、入院も電子カルテが導入されている病院も多いが、この武蔵国分寺病院は、外来は電子カルテの導入がされたが、入院カルテは未だ紙ベースだった。

水原悟(みずはらさとる)三十六歳、独身。杏雲医科大学を卒業後、附属病院に勤務していたが、手術の応援で武蔵国分寺病院に何度か出向く中、理事長の麻倉から是非にとの声がかかり、武蔵国分寺病院の外科医長として招かれた。

ナースセンターへ戻った内村理沙は、カルテを確認している水原を見ると、「あ、先生」と声を掛けた。

「先生、今岩松さんの奥様からお話を聞きましたが、抗がん剤の副作用で辛かったようですね。次回はどうしますか。三日後ですけど」

内村理沙の声に、水原はカルテから顔を上げた。

「師長自ら出向いていただいたんですね」

「先生、その師長と言う言い方は止めて下さい。前から言っているじゃないですか。先生が理事長の知り合いだって言うから挨拶ぐらいは、と思って行ったんですけど。それより抗がん剤はどうしますか、先生」

内村理沙の口を尖らせた話し振りに、水原はニコニコしながらカルテを取り出した。

「抗がん剤の量を減らして、それに加えて制吐剤を使おうかと思う。カルテに指示を書いて置くから準備をお願いします」

水原はカルテを内村理沙に渡した。

梅雨が明けたかと思うほど、猛暑の晴天が続いていた。

岩松兼男の二回目の抗がん剤治療の、点滴所要時間の三時間が終わろうとした頃、ＶＩＰ用個室から看護師の松宮加奈がナースセンターに駆け込んだ。

「内村さん、大変です。岩松さんの容態が急変です。直ぐ来てください」

看護師のひどく慌てた様子は、内村理沙のみならず、ナースセンターにいる全ての職員に事の異常さを伝え、緊張感を一瞬でナースセンターに充満させた。

「内視鏡室の水原先生に至急連絡して」

内村理沙は横に居た看護師にそう指示すると、岩松の個室に急いだ。

岩松兼男七十二歳は、七月一日金曜日午後二時二十五分死亡が確認された。

病院に駆け付けた妻の久仁子が兼男と対面したのは、夫の兼男の死亡が確認されてから一時間近く経った頃だった。

「信じられません。昨日まで元気だった主人が、何故急にこんな事になるんですか。何があったんですか」

久仁子は兼男の横たわるベッドの傍らで、声を震わせた。

「私たちも何が起こったのか驚いています。急変した後、手を尽くしましたが残念です。今考えられる事は、薬の副作用ではないか、ということですが、はっきりした事は言えません」

水原は言葉を選びながらゆっくりと話した。

「……癌のお薬の所為なんですか」

「分かりません」

「癌のお薬の所為なら、先生にも看護師さんにもお話ししました。主人は吐き気が酷くて辛いと言っていたと……。なんでこんな事に……」

「……申し訳ありません」

「もう直ぐ息子が来ます。息子と一緒にお話しを聞かせて下さい」

目を真っ赤にした久仁子は、水原を睨みつけるように見て言った。

六階の理事長室には、理事長の麻倉源一（あさくらげんいち）の他、病院長の植草（うえくさ）と担当医の水原、内村理沙そして担当看護師の松宮加奈の計五人が応接用のテーブルを囲んでソファに座っていた。内村理沙と担当看護師の松宮加奈は、岩松兼男への抗がん剤の投与準備から開始、そして容態急変までを説明した。午前十時三十分過ぎから抗がん剤療法のＧＳＣ療法の準備を始め、注射剤のＧとＣを用意、１Ｌ（リッター）の点滴バッグに水原の指示通り前回の８０％の量の薬剤を注入し、十一時から投与開始。開始後三十分は松宮加奈と内村理沙が交代でベッドサイドに付いいた。異常がない事を確認後は、松宮加奈が十分から十五分間隔で入室して容態の変化の有無を確認していた。そして終了二十分前に制吐剤を２バイアル、バッグ内に注入した。制吐剤はセロトニン受容体拮抗薬に分類される薬剤だと説明した。制吐剤注入後ナースセンターに松宮加奈が一旦戻り、十分程してベッドサイドに確認に戻った時に、岩松兼男の異変に気付き、ナースセンターへ駆け込み内村理沙に連絡した。以上が二人からの説明だった。

「抗がん剤の投与は、今日が初めてだったのですか」

　理事長の麻倉が、最初に質問した。

「いえ、今日が二回目でした」内村理沙が答えた。

「抗がん剤の副作用は考えられないと思いますが……」水原が続けて言った。

「手術そのものの影響はどう考えますか、水原先生」

「オペは三週間前に、理事長もご存知の杏雲医大の五島先生の応援で、ラパロ（腹腔鏡下切除術）で始めて、開腹へのコンバートで十時間以上かかりましたが、うまくいったと思っています。補助療法としてＧＳＣ療法を選びました。感染も起こしていませんし、オペそのものの影響は考えられないと思いますが……」

「そうですか。……残る可能性は制吐剤ですが、制吐剤も前回使っているのですか」

「いえ、今日初めてです。抗がん剤の投与終了に合わせて入れることにしました。奥様から前回の治療の後の吐き気が酷くて辛い、というご主人の訴えを聞いていましたので今回から処方に入れることにしました」

「理事長、これは制吐剤の副作用と考えるのが妥当ではありませんか」

院長の植草が初めて口を開いた。

「……その可能性はありますね。制吐剤のメーカーさんはどこですか」

「確かオーシャン製薬だったと思いますが、制吐剤を使うのは、岩松さんは初めてですが、これまで多くの患者に使っていて副作用らしき経験はしていないのですが……」

水原はそう言って内村理沙の方に顔を向けた。

「血管痛を訴える患者さんは何人かいましたが、血圧が低下したり、ショック症状になったりした患者さんは見たことがありません」

内村理沙は硬い表情で答えた。

「水原先生、オーシャン製薬を呼ぶべきでしょう。私は、これは制吐剤の副作用だと思いますよ」

植草は白いフレームの眼鏡を外して眉間に皺を寄せた。

「分かりました。メーカーに副作用の可能性有りとして報告します。それと警察への届け出も必要かと思います。私から管轄の警察に届出しますか、それとも院長からしますか?」

水原は理事長の麻倉に話した後、植草に顔を向けた。

「副作用によるステルベン（死亡）なんだから、警察への届け出は要らないんじゃないですか」

「いや院長、その可能性があるというだけで、はっきりと死因が決まったとは言えない以上、異状死（いじょうし）として届け出ておかないと医師法違反に問われますよ。届け出ておくべきだと思いますが……」

「そうですね。届け出ておくべきでしょう。水原先生から警察に連絡しておいていただけますか。この地域の管轄は国分寺警察署ですから、お願いします」

麻倉の指示に、水原は「分かりました」と応じた。水原と対面している植草の表情は、不満そうに水原には見えた。院長の立場としては、警察が病院に入る事が嫌なのだろうと水原は想像した。

「理事長、この後岩松さんのご家族に説明しますが、私一人でお会いするということで宜しいですか」

「……私の幼馴染みのご家族だからね。ここにお連れしてくれないか。私も同席しますよ」

水原は再度「分かりました」と応じた。

岩松久仁子と息子の義男は、理事長室で水原から、夫であり父である岩松兼男の、現時点で推測される死因について、今朝の点滴スケジュールを基にしての説明を受けた。そして、理事長であり兼男の幼馴染みでもある麻倉からは、自分の病院でこんな事になってしまった事を深く詫びる言葉とともに、死に至った責任の所在に拘（かかわ）らず、病院として出来るだけの事をしたいと伝えられた。

「麻倉さんのお気持ちは、良く分かりましたが、主人が急死したしたことがまだ実感できずにいます。手術も全て順調でしたのに……」久仁子は声を詰まらせた。

「先生方は、こうして頭を下げてくれていますが、その吐き気を止める薬の会社からの謝罪はないのですか」

息子の義男は充血した目で二人を睨みつけるようにして言った。

「現時点では、薬の副作用が原因なのかどうか断定は出来ません。その可能性があるということなのでご承知ください。メーカーにはこれから話をすることになります」

「……そうですか。……メーカーは責任を認めるのでしょうか」

「薬というのは、効果というプラスの面と、副作用のマイナスという面が付いて回りますから、責任という言葉を使うのが適切かどうか分かりませんが、因果関係が否定出来ないとなれば、行政つまり国とともに何らかの対応をしてくれると思います」

「分かりました。それでしたら原因がはっきりしたら、私たちに連絡してもらえるということで連絡を待っています」

義男は横に座る母の久仁子を促した。久仁子は二人に小さく頭を下げて、理事長室を出た。

麻倉と水原は深々と頭を下げた。

## 2

堀井文彦（ほりいふみひこ）が武蔵国分寺病院に到着したのは、夕方の五時を過ぎていた。

堀井文彦三十三歳独身。オーシャン製薬東京支店西東京営業所に所属のＭＲ（医薬情報担当者）として、武蔵国分寺病院を含めて近郊エリアの病医院を担当して三年になる。

水原から副作用の連絡を聞いた瞬間から、堀井は猛暑日にも拘わらず暑さを感じなくなっていた。ＭＲ在職中に副作用での死亡例を経験することは極めて稀（まれ）であり、製薬業界に入って十年になる堀井にとっても、重篤（じゅうとく）な副作用それも死亡例を目の当たりにするのは初めてだった。担当ＭＲとしてどう対応すべきなのか、緊張感で暑さも感じず、周りの景色も目に入らなくなるのは当然だった。

この病院のＭＲの訪問規則は、薬剤情報の窓口である薬剤部の訪問に関しての制限は無かったが、医師との面会は月に二回、事前に面会の約束が取れている場合に限られていた。面会場所は外来のみとされていたが、今日は三階の外科病棟に来るように指示されていた。その特別な場所での面会という事も、堀井を緊張させる一因にもなっていた。

エレベーターを三階で降りると、目の前がナースセンターだった。

水原の所在を確認しようとセンター内に目をやると、堀井に気がついた水原が椅子から立ち上がり、手招きして中に入るよう合図をした。

ナースセンターの奥には、看護師の休憩所があり、堀井はそこに通された。

水原に少し遅れて内村理沙が、テーブルを挟んで堀井の向かい側、水原の横に座った。

「電話で話した通りで、オーシャン製薬の制吐剤による副作用の可能性の有る死亡例が、今日発生してしまったんですが、堀井さんに確認したいことは、死亡例は過去にあったのかなんですが、いかがですか」

「本社の医薬情報本部に、直ぐに一報入れまして確認してもらいましたが、発売以来七年になる製剤ですが、死亡例は出ていませんでした。重篤な副作用は血圧低下が数例で、大半は血管痛の副作用のようです。今回の症例はどのような患者さんで、どのようなタイミングでご使用になられたのか教えていただけませんか」

堀井はカバンから副作用報告書と書かれた用紙を取り出した。

「第一報は電話で本社に入れましたが、死亡例については詳しい報告を出来るだけ早く求められていて、二十四時間以内に厚労省への報告が義務付けられています。ご協力を宜しくお願いします」

水原には、堀井が緊張で口が渇き、うまく口が回っていないように思えた。

「先生、すみません。ペットボトルの水を飲ませていただきます」と断って堀井はカバンから水の入ったペットボトルを取り出し、飲んだ。

それを見た水原は小さく笑った。

「堀井さん、そんなに緊張しなくて良いですよ。山に一緒に行った仲間と話しているんですから、もっとリラックスして話してください。ねえ内村さん」

水原から声がかかった内村理沙もほんの少し頷いた。

山に行った仲間とは、五月のゴールデンウイークの後、甲武信ヶ岳（こぶしがたけ）から奥秩父主脈縦走路を日本三峠の一つの雁坂峠（かりさかとうげ）へ歩いた山行を、水原、内村らとともに堀井も含めた六人パーティーで、一泊二日で行った事を言っていた。

「内村さんから、詳細を堀井さんに説明してあげてくれますか」

水原はそう言うと、テーブルにあるカルテを開いて内村理沙に渡した。内村理沙は、堀井には岩松兼男の名前をＩＫというイニシャルで伝え、午前十一時からの点滴の薬剤の内容の他、患者の血圧等のバイタルサインと言われる数値を説明し、抗がん剤の投与終了間際の制吐剤の投与、そしてその後の容態急変を発見した時刻から死亡の確認までを丁寧に説明した。

「ありがとうございます」と言って、堀井は報告書から顔を上げた。

「先生の印象としては、抗がん剤というよりは、制吐剤の副作用と考えておられるということですか」

堀井は水原に顔を向けた。

「抗がん剤は先週も使っていますし、しかも今回は量も減らして処方しているんで、副作用は考え難いんですよ。そう考えると、堀井さんの会社の制吐剤の副作用ではないか、となるんですが、本当にこの薬の副作用だけの結果なのか、私には確信はありません。この制吐剤は今までにかなりたくさんの患者に使っていて、こんなに厳しい副作用は出たことが無かったですからね……。そうだ内村さん、容態急変後の患者の血液の結果はもう出たのかな」

水原は、正面に座る堀井から、横に座っている内村理沙に顔を向けた

「いえ、まだ出ていません。明日になると思います」

「それで何か分かれば良いんだけど、難しいだろうね。そういう状況なので、警察には薬

の副作用と思われる異状死として届け出る他なかったので、それは承知しておいてください」

「警察ですか……」

警察という水原の言葉を聞いた堀井は、不安げな表情を浮かべた。

「この後、国分寺警察署から確認に来ることになっているんです」と水原は壁に掛かっている時計に目をやった。

「先生、内村さんお疲れの所ありがとうございました」

堀井は礼を言って頭を下げた。

営業所に戻った堀井は、本社の医薬情報本部に、作成した副作用報告書を発信した後、所長の鈴木と改めて今後の対応を相談した。

「因果関係が否定できない以上、厚労省への報告は当然としても、死亡例に本社としてどう対応していくのか。我々としては指示を待つしかないだろう」

堀井の帰所を待っていた所長の鈴木が、暗い面持ちで口を開いた。

「因果関係有りとなったら、患者さんへのお詫びとか、補償とかすることになるんですか」

「……国が認可した薬とは言え、全て国任せにして良いのかという事だな。患者には医薬品副作用被害救済制度が適用されるだろうけど、製造販売している企業としての道義的責任はどうなんだ、ということになると難しいことになるかも知れないな。本社がどう判断して、どう対応するのか、だな」

「……僕はどうしたら良いんでしょう」

その時、堀井のスマホが鳴った。本社の医薬情報本部からだった。

「市販後情報部長の竜野（たつの）です。堀井さんから送られた報告書は受け取りました。今後のこの症例の対応は、本社が対応しますので、堀井さんには病院との連絡役をお願いすることになりますので宜しくお願いします。ついては週明けの早い時期に担当医の水原先生に面会したいのでアポイントを取ってください」

電話を切った堀井は、本社からの連絡に安心はしたものの、今後の本社の対応によっては、病院を担当するＭＲとして辛いことにならないか、という不安は拭（ぬぐ）えなかった。

## 3

翌日の土曜日、三階の外科病棟ナースセンターで、入院患者の回診の準備をしている水原に、看護師長の内村理沙が一枚の生化学検査の結果票を渡した。

「先生、岩松さんの容態急変直後の血液検査の結果です」

渡された検査結果を、水原は静かに上段から始まる総蛋白、アルブミン値の項目から順に目を移していった。そして水原の目が、電解質組成の項目にいった時目が止まった。Na、Clの次のK(カリウム)の数値が水原には異常値に思えた。K(カリウム)の血液中の正常値は4~5mEq/L(ミリ・イクイバレント、略称メック。電解質の量を示す単位)前後だが、岩松兼男のこの時の数値は、12mEq/Lとなっていた。

「内村さん、岩松さんの手術後の血液検査の結果を全部持ってきてください」

水原の慌てたような、そして鋭い言い方に、内村理沙は思わずカルテ棚の近くにいた井川という看護師に声を掛けた。

「井川さん、岩松さんのカルテを先生に渡してください」

渡されたカルテを水原は捲った。

「……やっぱり異常値だ」水原は呟いた。

水原はスマホを取り出し「まだ居るかな」と独り言を言いながらスマホを耳に当てた。

電話を終えた水原は、六階の理事長室を、そして院長室もノックしたが、二人とも土曜日で病院には来ていないようだった。

三階のナースセンターに戻った水原は、内村理沙を休憩室に呼んだ。

「どうかしたんですか、先生」

眉間に皺を寄せて、一枚の血液検査の結果の紙に目を落としている水原に聞いた。

「岩松さんのK（カリウム）の値が異常に高いんだ。大学の生化学教室の友達に確認したけど、K（カリウム）は死後十五分位から細胞内から大量に血中に出てくるそうなんだが、通常は4ないし5mEq/Lしか血中から検出されることはない。もし岩松さんの数値のような12mEq/Lの数値となると心停止を起こすそうだ。この検体が急変後何分位で採血したものかによるけど、岩松さんの死因はもしかしたら、高K（カリウム）血症かも知れない」

「あの検体は、松宮さんが急変を知らせて来てから、先生の指示があるまでの時間ですから、心停止してから十分も経っていないと思いますけど。でも先生、高K血症と言っても普通はそんな心停止するほどの高Ｋ血症になることは考えられないんじゃないですか……、まさか……」

「この病棟のＫＣＬ注射キットの在庫は？」

水原は声を落として訊いた。

内村理沙はナースセンターの薬剤在庫の棚に歩いた。戻って来た彼女は首を横に振った。

「ここの定数は２で在庫も２です。昨日の処方は無かった筈ですから、使われてはいませんね」

「そうですか……」

「念のため、上の階の内科と療養病棟も見てきましょうか」

「お願いします」

内村理沙は、副師長の井川房恵（いかわふさえ）に他病棟に行くことを耳打ちして、ナースセンターからＶＩＰ用個室の横の非常階段を上り、四階の内科病棟へ向かった。そしてナースセンターへ入ると、ぐるりと見廻して一人の看護師に近付いた。

「佐野師長、おはようございます。突然すみませんが、ＫＣＬ注射キットの在庫を見せて下さい」

内科病棟の看護師長の佐野は、突然の内村理沙の訪問に怪訝そうにしながらも「どうぞ」と返事をした。

内科病棟の在庫の確認を終えた内村理沙は、四階のナースセンターから、五階の療養病棟のナースセンターへ行き、同じように在庫を確認して、三階のナースセンターに戻った。そして両病棟ともに定数と在庫数に差異はなかったことを水原に報告した。

「そうですか。私の考え過ぎなのかも知れないな」

「先生、念には念ですけど、薬剤部の在庫も確かめてみたらどうですか」

「……うん、薬剤部に行ってくるよ」水原はそう言うとナースセンターを出て行った。

薬剤部の払い出し担当者は、水原の問い合わせに、パソコンの画面をチェックし、薬剤庫の払い出し簿を確認した。そして「ちょっと待って下さい」と言うと、担当者は薬剤部長の部屋をノックした。

直ぐに出てきた担当者は、「昨日の午後、青山副院長が2キット持っていかれたそうです」と水原に言った。

「青山先生が……」

「はい、息子さんの炎色反応の実験に使いたいと言って、薬剤部長の許可を取って持っていかれたそうです」

「…分かりました。ありがとう」

水原は混乱していた。KCL注射キットは1キット20mEq/Lの濃度で液量は20mℓだ。それが2キットあれば側管（そっかん）から急速注入したら、心停止するだろう。まさか青山先生が……。

三階のナースセンターに戻った水原は、内村理沙にこの事実を話し、改めて相談した。

「岩松さんが急変したのは、昨日の午後二時前です。青山先生が薬剤部へ行ったのは夕方の五時頃という事は、時間的には合いませんけど」

「病棟のKCLを使った後、それの補充の為に薬剤部に行ったとも考えられるよ」

「でも先生、何故青山先生が岩松さんにそんなことするんですか。それに息子さんの実験用に使うつもりで持って行ったという事である以上、これ以上どうにも出来ないと思いますが……」

「このままにしておけば、恐らく制吐剤の副作用で死亡という事になるけど、それで良いのか……。自分が手術した患者さんの死因に疑問を持ったままで、医者として許されるのか悩むよ」

「理事長に相談してみたらどうですか、先生」

「そうだね。来週理事長が出て来たら相談してみるから、内村さんも同席頼むよ」

「え、私も同席するんですか」

「外科病棟での事である以上、当然だと思うけど」

「分かりました。病棟師長としてご一緒させていただきます。理事長は朝早いんですよね」

「そうなんだ、年寄りは朝が早いからね」

二人は月曜日の朝七時三十分に理事長室前での待ち合わせを約束した。


月曜日も朝から暑い日になった。

「おはようございます。理事長」

「二人揃って朝早くからどうしたんですか」

麻倉は理事長室のドアを開け、ゆっくりと部屋に入った。

内村理沙と共に部屋に入った水原は、テーブル越しに麻倉と向かい合うと、岩松兼男の急変直後のK(カリウム)の異常値と副院長の青山の行動を話し、どうすべきか悩んでいる事を麻倉に伝えた。

麻倉は腕を組んで「うーん」と小さく唸(うな)った。

「岩松は副作用ではなくて、誰かにK（カリウム）を注入されて死んだ。そのKは青山先生が関わったものかも知れないということなんですか？」

「あくまでも可能性があるという事です」

「水原先生としては、先生自身がオペをした患者さんだけにははっきりさせたいという思いがある一方で、調べるとなると院内が大騒ぎになるかも知れない。人間関係もギクシャクするのではないかと考えているんですね」

「その通りです。このまま何もしなければ、薬の副作用での死亡という結論になる可能性が高いと思いますが……それで良いのかと」

「この事は院長には話したのですか」

「いえまだ話していません。お話ししたのは理事長だけです」

「そうですか…。私としても古くからの友人の死因をあやふやにしておきたくはありませんが、大山鳴動（たいざんめいどう）ネズミ一匹というのも考え物です。院外の人間で調査を依頼出来るような、信頼出来る人間がいれば一番良いと思うのですが、そのような人に心当たりはありませんか」

麻倉に訊かれた水原は即座に「ありません」と首を振った。

「あの…、宜しいですか」

じっと聞いていた内村理沙の言葉に、二人は彼女に顔を向けた。

「元MRだったという探偵さんを知っているんですけど…。五島先生の婚約者の、山での転落事故を調べた探偵さんで、私は一度会ったことがあります。どうでしょうか」

「五島先生からその話は少しだけ聞きましたが、それに関わった探偵ですか。どんな人物なんですか」

「空に木と書いて空木と云って、国分寺で探偵事務所を開いているそうで、元万永製薬のMRだったそうです。だから薬の事も少しは理解していると言っていました」

「医療業界の事は分かっているという事か」と呟いた水原は麻倉に顔を向けた。

「……空木ですか、珍しい名前ですね。私の友人に同じ姓の男がいるんです。しかも国分寺に住んでいるんですが、親類かも知れないですね。まあそんな事より、水原先生はどう思われますか」

「信用の置ける人間であれば依頼してみたいと思いますが、理事長こそいかがですか」

「五島先生に聞いていただけませんか。それで信用の置ける人間であるとなったら、ここに来てもらいましょう」

「分かりました」水原はそう言うと内村理沙とともに理事長室を出た。

その日の夕方、空木健介は内村理沙からの突然の連絡に、訳の分からないまま武蔵国分寺病院に向かい、六階の理事長室に案内された。

部屋には見覚えのある顔の女性と、高齢と壮年の男性が二人、既にソファに座っていて、空木が部屋に入ると三人はほぼ同時に立ち上がった。

「空木さん、お久しぶりです、内村です。お忙しいところ突然お呼び出ししてすみませんでした。こちらは麻倉理事長と外科の水原先生です」

内村理沙の紹介に、空木は『スカイツリー万(よろず)相談探偵事務所所長』の名刺を麻倉と水原に渡して挨拶した。二人も空木に名刺を渡した。

テーブルの上に置いた空木の名刺をじっと見ていた麻倉が、最初に口を開いた。

「不躾(ぶしつけ)ですが、空木さんあなたのお父さんのお名前は、栄三郎(えいざぶろう)というお名前ではありませんか」

「えっ……」空木は一瞬言葉を失った。

「そうなんですね」

「はい、空木栄三郎は私の父です。しかし何故麻倉さんが父を……」

「あなたのお父さんと私は、小学校、中学校の同級生、幼馴染みなんです。栄ちゃん、源ちゃんと呼び合っていましたよ。まさか栄ちゃんの息子さんとここで会う事になるとは、何とも奇遇です」

「親父の……、いや父の幼馴染みなんですか」

空木は麻倉の名刺を改めてまじまじと眺めた。

「理事長、宜しいでしょうか」水原だ。

「あ、すまなかった。栄ちゃんの息子なら全く問題無しだよ。話を進めてください」

水原は、改めて空木と向き合う様に座り直した。

「空木さんにある調査をお願いしたいのですが、今からお話しすることはここだけの話にしてください」

水原はそう前置きしてから、岩松兼男の容態急変に至るまでを詳細に説明した上で、その死因が制吐剤の副作用ではなく、ＫＣＬの急速注入だったのではないかと疑っていること、そしてそれに職員が関わっているのではないかと危惧を抱いていることを話した。

「つまりその患者さんの死因を明らかにしたいということですか」

　水原の話を聞いていた空木が、静かな口調で訊いた。

「その通りです。病院の職員である我々が調べる事で、職員の間に不安や不信感が生じると思い、空木さんに来ていただいたという訳です」

「内密に調査したいと……」

「はい」

「警察への届け出はどうされたんですか。まさか届けていないとか……」

「とんでもない、国分寺警察署に届けました。その日のうちに刑事が確認に来ました」

「内密に調べて万が一、職員の誰かがＫＣＬを入れたとしたら殺人事件です。内密には出来ませんよ」

　空木はそう言うと麻倉に顔を向けた。

「隠蔽（いんぺい）したりするつもりはありません。岩松兼男もあなたのお父さん同様、私の幼馴染みです。三人は小学校からの幼馴染みなんです。二人に顔を合わせられないような事はするつもりは断じてありません」と麻倉は空木の目を見た。

「万が一、人の手によってＫＣＬが岩松さんに投与されたと分かったら、必ず警察に通報します。ただ、大騒ぎにして調べた結果、誰も関わっていなかったとしたら、それも禍根を残す可能性もあって喜べる話ではありません。今は警察に動いて欲しくないのです。空木さん何とかお願いします」

水原は頭を下げた。

「………」

空木は国分寺警察署と聞いて、友人の石山田巌（いしやまだいわお）の四角い顔を思い出していた。知り合いに刑事がいる事を今言っておくべきか、それとも黙っておくべきか…。

「……私にはかなりハードルの高い調査ですが、お引き受けするにしても、予め皆さんにご承知しておいていただきたい事があります。それは私の高校時代から今も親しくしている友人が、国分寺警察署の現職刑事で勤めていることを承知しておいてください。探偵としての守秘義務を守る事はお約束しますが、友人にそういう人間がいることを承知の上で、私に調査を依頼していただけるのであればお引き受けします」

水原も内村理沙も意外だという表情で麻倉に目を向けた。

「栄ちゃんの息子さんであるあなたを信用します。水原先生と内村師長に協力してもらって調べて下さい」

「分かりました。精一杯のことはやらせていただきます」と空木は応じた。

空木の返事を聞いた麻倉は、ニコッと笑顔を見せて、ソファから立ち上がった。

「良かった。じゃあ後は三人でどう進めるのか相談して下さい。私はこれで帰りますからこの部屋を使ってくれて構いませんよ」

麻倉はそう言うと、書類の入ったバッグを肩に掛けて理事長室を出て行った。時刻は午後六時になろうとしていた。

内村理沙はナースセンターに連絡を入れ、水原と一緒に理事長室に居ることを告げていた。

空木は二人と改めて向き合った。

「水原先生は、ＫＣＬが投与されたとしたら、投与されるまでの推理というか仮説はどうお考えですか。それを基にしてどう調査を進めていくか考えましょう」

空木は手帳を取り出した。

水原は一呼吸おいて話し始めた。

水原の仮説はこうだった。岩松兼男の抗がん剤治療の点滴終了予定時間の二十分前、制吐剤をバッグに注入した直後、担当看護師がベッドサイドを離れた隙に何者かがＫＣＬを急速注入した。そのＫＣＬ注射キットは、三つある病棟の在庫から使われたが、最も可能性が高いのは内科病棟だと思うと話した。そしてその在庫の補充の為に、内科の青山副院長が薬剤部から2キットを息子の実験用に欲しいと偽って出庫させた。と一連の仮説を説明した。

「……動機は？」

「それは……全く見当がつきません」と水原が内村理沙に顔を向けると彼女も首を横に振った。

「私が考える、というより誰でも考える一番単純な動機は、岩松さんを恨んでの行為、犯行ですが、それ以外に考えられるとしたら、……病院への嫌がらせは考えられないでしょうか」

「え、嫌がらせですか」

水原は予想していなかった空木の言葉を聞いて、それを繰り返して口にした。

「私の穿(うが)った見方かも知れませんが、内科病棟のＶＩＰ用個室ではなく、外科病棟の個室での犯行というのも、何か関連しているかも知れません。もしかしたら病院というより、外科ないし外科のどなたかへの嫌がらせとも考えられます」

「外科への嫌がらせですか……。しかしそれで患者を殺害するんでしょうか」

「これも私の憶測ですが、犯人は岩松さんを殺すつもりではなかったのではないでしょうか。重篤な状態にして外科を大騒ぎにして、外科の失態にしたかった。それが岩松さんが亡くなってしまった、ということではないかと」

空木の憶測に水原と内村理沙は黙った。

「お二人を含めて外科に所属する職員への、嫌がらせめいたことを耳にしたことはありませんでしたか」

「副院長の梶本先生にも聞く必要がありますが、私にはそれらしいことの覚えはありませんね」

空木と水原のやり取りを黙って聞いていた内村理沙が、何かを思い出した。

「……先生、空木さん、他の看護師の事は分かりませんが、嫌がらせめいた手紙が四月にありました」

「え、内村さんに?」水原だ。

「はい、四月に看護師長に昇任して暫く経ったとき、府中の家に手紙が届いたんです。中には（師長になって図に乗るな）とだけ書かれた手紙が一枚入っていただけでした。私の昇任を喜ばない人がいるのは仕方がないと思いましたが、気持ち悪かったです」

「その手紙以後に嫌がらせのような事は？」空木はメモを取りながら訊いた。

「特に思い当たるような事は無かったと思います…」

「……そうですか、他の外科の看護師の方たちにも確認が必要ですね。次に先生の仮説で考えれば、核心は誰が岩松さんにＫＣＬを投与したかですが、現時点で分かっている事は、青山という副院長が、薬剤部から2キット持って行ったという事だけですね」

「そうです。ただそのＫＣＬの2キットを在庫の補充に使ったのかどうかは、分かりません。息子さんの実験に使ったというのが本当だとしたら……」

「その事実を確かめる事が私の仕事という事になりますね。水原先生にお願いですが、青山副院長の住所とご家族の情報を教えて欲しいんですが、いただけますか」

「……個人情報ですね。理事長から事務に頼んで何とかして貰うようにします」

「それからお二人には、ＫＣＬを注入したとされる時間帯、つまり制吐剤を入れてから担当看護師が戻ってくるまでの十分間ぐらいの間に、岩松さんの病室に入った人間がいなかったかどうか、改めて看護師さんたちに確認する作業をしていただきたいのです。大騒ぎにしたくない気持ちは分かりますが、看護師さんたちへの聞き取りは探偵の立場ではより大騒ぎになります。何とかお二人でやっていただきたいのです」

「分かりました、確認してみますが、空木さんが病院に自由に出入り出来ないというのは困りますね。何か考えないといけないですね」

「……それを私も考えていたんですが、どうでしょう、医療コンサルタントという立場で二週間ほど病院に出入りするという事にでもしていただいては」

「それは良い考えですね。理事長直々の声が掛かってのコンサルタントという事にしましょう。理事長には私から話しておきますが、コンサルタントとなれば院長や事務部長にも会わなければいけなくなりますが、名刺とか大丈夫ですか」

「大丈夫です。明日の午前中には二、三十枚の名刺なら用意出来ますから心配しないでください。用意出来たら明日の午後にまた病院に来させていただきますが、水原先生のご都合は？」

「明日はオペ日ですが、午後なら三時には時間が空くと思いますから、三時半にこの部屋に来てください」

空木は暫く間をおいて「分かりました。では今日はこれで失礼させていただきます」とソファを立った。

病院を出た空木は、内村理沙が嫌がらせを受けたと聞いた時から、ある事が頭の片隅に浮かんでいた。あの場でそれを言うべきなのか考えたが、根拠のない憶測で話すのは止める事にして、あの場を出てきたが…、やはり気になっていた。空木の気になっている事が内村理沙への嫌がらせだったとしたら、この病院で起こった事に繋がっているのかも知れなかった。

空木はスマホを取り出し、ある男の電話番号を選び出した。その男は、村西良太（むらにしりょうた）という空木とは万永製薬の入社同期で、今は万永製薬東京支店の業務部長をしている男だった。

「村西、すまないが東京支店にいる飯豊（いいで）というＭＲに会いたいんで取り持って欲しい。宜しく頼む」

空木は万永製薬東京支店、飯豊（いいで）ＭＲと書かれた手帳を閉じた。

# 4

翌日の火曜日も朝から晴れて暑かった。

空木は退職した万永製薬の入社同期である村西良太の取り持ちで、万永製薬の武蔵国分寺病院を担当するＭＲの飯豊（いいで）という男と、営業所のある三鷹駅近くのコーヒーショップで面会した。

飯豊昇（いいでのぼる）二十八歳、妻と二歳になったばかりの男の子の三人家族。万永製薬東京支店三鷹営業所に勤務するＭＲで、武蔵国分寺病院を含むエリアを担当している。

二人は名刺交換を済ませ、テーブルに向かい合った。

「空木さんは、村西部長の同期で、会社のＯＢの探偵さんだとお聞きしました。探偵の名刺をいただくのは初めてです。それで私に聞きたい事というのは、どんな事でしょう」

飯豊は空木の名刺をシャツの胸ポケットにしまい、アイスコーヒーに口をつけた。

「飯豊さんは五月に武蔵国分寺病院の方たちと一緒に甲武信ヶ岳の山行に行ったと思いますが、お聞きしたい事は、その時、内村理沙さんという武蔵国分寺病院の看護師さんに起こった、転倒事故の事についてなんです」

空木はそう言うとメモ用の手帳を開いた。

「……空木さんは何故それを知っているんですか」

飯豊は驚いたようだった。

「ある調査依頼がきっかけになって、高野鮎美さん、内村理沙さんと知り合いました。飯豊さんはお二人をご存知ですよね」

「一緒に甲武信ヶ岳に行きましたから知っています」

「現在の調べ事の内容はお話し出来ませんが、今その内村さんの身の回りで起こっている事を調べる必要が出てきました。それで以前、お二人から聞いていた甲武信ヶ岳の山行中の転倒を思い出しまして、その時の事を、お二人以外の方からも聞いておきたいと思ったんです。そのメンバーの中で一番コンタクトが取り易いと思ったのが、万永製薬の後輩の飯豊さんだったので、村西を通じて面会を頼んだという訳です」

「そういう事なんですか。それで内村さんの転倒の何をお聞きになりたいんですか」

空木は手にしている手帳の何ページか前を捲った。

「あの日内村さんは、前夜服用した抗不安薬の持ち越し作用でふらついて転倒した、と話していましたが、あの日の朝、小屋での飲食で内村さんに何かあったのではないかと……

例えば皆さんが飲んだコーヒーに何かが……」

空木は、鳳凰山で転落死した池永由加が、直前に飲んだ睡眠導入剤入りのコーヒーの事を思い浮かべていた。同じ事が内村理沙にも起こっていたと。

「コーヒーですか……実は、あの朝六人分のコーヒーを運んでくれたのは井川さんという看護師さんだったのですが、その井川さんが一つのカップに、何か分かりませんが白っぽい粉のような物を入れたのを見たんです。それが内村さんの転倒に関係しているのかは分かりませんが……」

「その井川さんという方は、一つのカップにだけその白っぽい物を入れたんですか」

空木は確認するかのように繰り返して訊いた。

「そうです。一つだけでした」

「その事は他のメンバーは知らなかった？」

「ちょうどその時は、私は席を離れた所にいたので私には見えたんですが、他の人たちには死角になって見えなかったと思います」

「そのカップのコーヒーは、誰が飲んだのかは分からないんですか」

「分かりませんでした」

「その白っぽい粉は、砂糖では無かったんですね」

「砂糖とミルクは紙筒のスティックの物がありましたから、違いますね」

「その事は誰かに話しましたか」

「誰にも話していません。というか内村さんが転倒してからは話せなくなりました。変な憶測で話して病院の人たちに迷惑になっても拙いと思って、誰にも言えなくなりました」

「なるほど」と頷いた空木は、手帳にこう書きこんだ。（白い粉が超短時間作用型の睡眠導入剤だったとしたら）と。

「飯豊さん、最後に確認したいのですが、甲武信ヶ岳に行った六人のメンバーを教えていただけますか。飯豊さん、高野さん、内村さんの他の三人です」

空木は敢えて水原の名前は出さなかった。

「武蔵国分寺病院の水原先生と、さっき話した看護師の井川さん、それとオーシャン製薬の堀井というＭＲです」

空木はメモを取り終えると飯豊に礼を言って店を出た。

飯豊昇との面会を終えた空木は、水原と約束した時間に合わせて武蔵国分寺病院に向かった。

病院の駐車場にミニバイクを駐車させ、玄関に向かって歩き出すと、見覚えのある顔の男が、病院を出て駐車場に向かって歩いて来た。空木は立ち止まってその男を見て「あれ」と小さく声を上げた。その男も空木の視線を感じ取ったのか、空木に目を向けて立ち止まった。

「五島(ごとう)先生ですか……」

「はい五島です。空木さんでしたね」

「その節はお忙しいところ色々お話を聞かせていただきました。空木です」

「由加さんの件では、空木さんには随分お世話になりました。感謝しています。今日は月に一回のオペの手伝いで来ていたんですが、帰るところです。水原先生から聞きましたが、この病院で仕事を依頼されたようですね」

「水原先生から……」空木は内密に調査を進めようとしている中で、水原は五島にどこまで話したのだろうかと気にかかった。

「細かな話は聞いていませんが、医療コンサルタントとして病院に来てもらうから、私にも空木さんに顔を合わせたらそのつもりでいて欲しいと釘を刺されました。何か病院にとっては大事な調査を空木さんにお願いしたと言っていましたから、頑張って下さい。私が協力出来るような事は無いかと思いますが、あれば言って下さい。協力しますから」

五島が、空木の病院に出入りするための仮の職業まで聞いていると知って、水原の五島への信頼感が理解出来たように思えた。それと同時に、五島の「協力する」という言葉がきっかけとなり、空木の脳裏にある一つの事が浮かんだ。

「……五島先生、早速お言葉に甘えてお願いがあるんですが、聞いて貰えますか」

「何でしょう？」

「確か先生は、由加さんに届いた差出人不明の、嫌がらせの手紙をお持ちになっていたと思いますが、今もそれをお持ちなら暫くお借り出来ないでしょうか」

「〈玉の輿〉、と書かれた手紙の事ですね。持っていますが……」

空木は、内村理沙に届いた嫌がらせの手紙の話を聞いた時、以前同じような嫌がらせの手紙の話を五島から聞いた事を、記憶の中から思い出していた。そしてその記憶が、ここ武蔵国分寺病院で五島と偶然出会った事によって、二つの嫌がらせの手紙が繋がる可能性が頭に過(よぎ)ったのだった。

「今は、訳はお話し出来ないのですが、確かめたい事があるので暫くお借りさせてください」

「良いですよ。偶々(たまたま)ですが、明日も午前中だけ外科外来を代診しに来ますから、持って来ます」

空木はその手紙を、外科病棟の看護師長の内村理沙に預けてくれるよう依頼した。

五島と別れた空木は、病院玄関に歩きながら腕時計を見た。水原との約束の時間が迫っていた。

六階の水原の部屋をノックしたのは、約束の時間の三時半ちょうどだった。

医長室は狭かった。空木は部屋に入ると直ぐに、今しがた病院の駐車場で五島に会ったことを伝えた。

「今日は、月に一回の五島先生の応援でのオペ日だったんです。その帰りに会ったんですね」

「明日も来られるそうですね」

「そうなんです。明日は午前中に岩松さんの葬儀で、私と理事長が参列するので、私の外来の代診をお願いしたんです」

空木は、五島からある物を借りることになり、明日病院に持って来てくれることになった。それを内村理沙に預けてくれるように依頼したので、その事を彼女に伝えたいと話した。

「分かりました。この後空木さんを理事長室にお連れして、病院の幹部に紹介することになると思います。その後なら話が出来る時間があると思います」

水原はそう言うと、一枚のコピーを空木に渡した。それは空木が昨日依頼した、副院長の青山の家族を含めた個人情報だった。

青山誠(あおやままこと)は四十五歳、中学一年生になる息子と妻の三人家族で国立市に住んでいた。湘南医科大学出身、消化器内科の副院長という職位でこの病院に勤務して五年経過していた。

渡されたコピーを見ながら、空木は（さて、どうやって確かめるか）と思いを巡らせた。

水原は空木を理事長室に案内した。

「空木さんは、理事長の知り合いからの紹介という事になっていますから、理事長から病院幹部に紹介してもらう事になります。私は病棟にいますから何かあったら連絡してください」

水原はそう言うと理事長室には入らず、空木と別れて、エレベーターホールへ歩いた。

理事長の麻倉に呼ばれた事務部長の寺田に、空木は今朝作ったばかりの『医療コンサルタント空木健介』の名刺を渡して、二週間ほどお世話になる旨の挨拶をした。

「空木さんには、この病院の医療体制、経営状況全般を確認してもらう事になります。薬剤在庫、材料費、価格から看護体系、人件費まで全てを見てもらってください。院長たち病院の幹部への紹介を寺田部長からお願いします」

空木は固まった。仮の職業とした医療コンサルタントにも拘わらず、麻倉の紹介では、まるで本職のようだと。

理事長の麻倉からの指示を受けた寺田は、空木とともに理事長室を出た。

二人は、院長の植草から始めて、副院長の内科の青山、外科の梶本、そして薬剤部長の小村の順に紹介挨拶していった。看護部長は空席となっていたため、外来、病棟の看護師長に挨拶した。

空木は、一通りの挨拶が終わった後、外科病棟にいた水原と内村理沙に面会の為、三階に向かった。

空木は内村理沙に、明日五島から封筒に入った手紙を預かって欲しい事を伝え、さらに彼女自身に届いたという嫌がらせの手紙も持って来て欲しいと頼んだ。そして、水原にもその二つの手紙を確認する際に同席して欲しいと伝えた。

「分かりました。明日の午後三時なら大丈夫だと思います。ところで空木さん、今日これからオーシャン製薬と制吐剤の件で面会するんですが、同席していただけませんか。コンサルタントとしてお願いします」

「……分かりました」

空木は戸惑ったものの、オーシャン製薬が制吐剤の副作用としてどういう見解を示すのか、製薬会社の勤務経験を持つ空木には興味があった。

水原の医長室は狭いため、医局会議室での面会となった。オーシャン製薬は医薬情報本部市販後情報部部長という肩書の竜野（たつの）と、担当MRの堀井の二人が、水原と空木の前に座った。

オーシャン製薬の二人は、空木の『医療コンサルタント』の名刺を見て、緊張したようだった。

竜野は、オーシャン製薬の制吐剤によって死亡したとなれば、患者は薬剤に対する過敏性アレルギー反応を起こした可能性があり、ＤＬＳＴという試験をしたいが、死亡した患者の血清はあるかと訊いた。水原の残っていないという返答に、改めて科学的に因果関係を調べる方法は無いと話した。

「抗がん剤と制吐剤を混注することで、どのような副作用が発現するのか分かりませんが、先生はやはり制吐剤の副作用の可能性が高いとお考えですか」

「……因果関係が否定出来ない、つまり可能性はゼロではないとは思いますが、制吐剤単剤で起こったとは考え難いと思っています」

水原は、ＫＣＬが投与された可能性があると思っていることは、口には出さなかった。というより出せなかった。

「弊社として、この死亡例での注意喚起を、全国の医療機関に対して発出すべきか、様子を見るべきか検討することになりますが、先生は緊急性についてはどう思われますか」

「私には、確実にオーシャン製薬の制吐剤が原因だと言い切れない以上は、緊急性は低いと思いますが……」

水原は、こちらの調査の結果が出るまでは、その判断は待って欲しいと言いかけたが止めた。

横で聞いていた空木には、水原の歯切れの悪い話し方に、水原自身の躊躇（ためら）いを感じるとともに、竜野の、当事者である主治医に相談するかのような話し振りに、オーシャン製薬の立場の苦しさも感じるやり取りだった。

翌日、院内を巡回警備員のように歩き回った空木は、午後三時過ぎに水原と内村理沙とともに理事長室にいた。理事長の麻倉は、岩松兼男の葬儀の後、幼馴染みの空木栄三郎と久し振りに盃を酌み交わすことになったとのことで不在だった。

空木は、五島が内村理沙に預けた封筒から、〈玉の輿〉と書かれた一枚の紙をテーブルの上に置き、さらに内村理沙に届いた〈師長になって図に乗るな〉と書かれた手紙もテーブルの上に並べて置いた。

空木は五島が持っていた手紙は、亡くなった婚約者の池永由加に届いた嫌がらせの手紙であることを話した上で、この二つの手紙の差出人は共に不明だが、自分はこの武蔵国分寺病院の職員ではないかと思っていることを伝えた。

テーブルの上に置かれた二枚の手紙を見ていた水原は、驚いたように顔を上げた。

「この病院の職員ですか……。内村さんへの嫌がらせの手紙はその可能性が大だと思いますが、この〈玉の輿〉と書かれた手紙がそうだというのは何か根拠があるんですか？」

「確たる根拠がある訳ではないのです。亡くなった池永由加さんが勤務していた杏雲医科大学病院の誰かが出したとも考えられるのですが、五島先生がこの病院に非常勤とは言え、定期的にオペに来ていることで、五島先生が池永由加さんと云う看護師さんと結婚することを知っていた職員が、少なからずいた筈です。内村さんも知っていましたよね」

「ええ、私は名前までは知りませんでしたが、婚約者の女性がナースだということは知っていました。外科の看護師はかなりの人が知っていたと思います」と内村理沙は応じた。

「しかし空木さん、それがここの病院の職員と直接結びつくとは思えないのですが」水原だ。

「……それは、最終的にはこの二つの嫌がらせの方法が似ている事に結論付くのですが、内村さんへの嫌がらせがこの病院の職員の可能性が高いとしたら、この二つの手紙の差出人はこの病院の職員で、同一人物の可能性が高いと考えた訳です」

「………」水原は考え込んだ。

「先生、空木さん、この手紙の筆跡ですが、似ていませんか。封筒の住所の東京都とか同じに見えます」

内村理沙は二つの封筒を並べて二人に見せた。

水原は二つの封筒を両手に取って見比べた。

「郵便番号の数字も良く似ていますね。空木さん、筆跡鑑定に出せば同一人物だとはっきりしますよ」

「……筆跡鑑定に出すのでしたら、ある職員の方の筆跡も手に入れていただけませんか」

突然の空木の言葉に、水原と内村理沙は驚いたように空木の顔を見た。

「誰の筆跡を……」水原が訊いた。

「井川さんという看護師さんの筆跡です」

空木は見ていた手帳から顔を上げ、二人を見た。

「まさか……」内村理沙は言葉が出なかった。

「何故、井川さんなんですか。空木さんはどこで井川さんを……」水原だった。

「以前に、甲武信ヶ岳を、お二人を含めた六人で山行した際、内村さんが転倒したことをお聞きしていました。その時は井川さんというお名前は知るところではなかったんですが、一昨日内村さんへの嫌がらせの話を聞いて、改めてその事が頭に浮かびました。それで、その事故の事を私なりにもう少し聞いてみたいと思って、昨日私の前職の会社の後輩になる飯豊さんに話を聞いてみることにしたんです。その飯豊さんから、彼しか知らないという話を聞くことになったんです。それは、内村さんが転倒した日の朝、小屋で飲んだコーヒーに、井川さんと云う方が、一つのカップに白い粉を入れていたという話だったんです。そのコーヒーに何を入れたのか、そして、それを誰が飲んだのか分かりませんが、その白い粉は、私の推測ですが、超短時間作用型の眠剤で、飲んだのは内村さん、あなただったと考えています。だとするとそれは（未必の故意）による傷害事件という立派な犯罪です。水原先生も、内村さんがその前夜に服用した抗不安薬のエチゾラムですが……、これは先生が内村さんに差し上げたという事でしたね。あの薬で翌朝まで作用が持ち越すのはおかしいと思っていた筈ですが、違いますか」

空木は以前、内村理沙から聞き取り、メモした手帳から、水原に目を向け訊いた。

「……空木さんの推測の通り、内村さんの飲んだコーヒーには眠剤が入れられていたかも知れませんが、井川さんは本当に内村さんに飲ませようとしたんでしょうか。何故……」

「それは筆跡鑑定で一致すれば、これが答えでしょう」

空木はそう言うと、（師長になって図に乗るな）と書かれた手紙を水原の前に置いた。

「妬(ねた)み…ですか」

「井川さんの筆跡は、看護報告日誌から直ぐにでも手に入りますが、仮に井川さんが私への嫌がらせをしていたとしても、その延長線上で岩松さんにＫＣＬを注入したんでしょうか。外科病棟のＫＣＬは使われていませんし、青山先生は内科です」

内村理沙の顔色は、心なしか青ざめているように見えた。

「しかも井川さんは、あの時間は、受け持ちの病室の患者さんの回診中だったことを考えると、井川さんが注入したとは考えられないんですけど……」

「途中で抜け出して、内科病棟のＫＣＬを取りに行った可能性もあります」

「そんなこと……」

「あの時間帯にＶＩＰ用個室に出入りした職員は確認出来ましたか？」

「担当の松宮さんが、ナースセンターに呼ばれてから岩松さんの容態急変に気付くまでのわずかな時間に、外科のナースは誰も入っていませんでした。ただ、回診中だった井川さんが、受け持ちの病室からＶＩＰ用個室が近かったためか、個室から出て非常階段の扉を開けて出て行くナースの背中を見たと言っていました」

「井川さんが……。それが誰だったのかはわからなかったのでしょうか」

「それが……、内科の佐野師長だったように思うって言うんですが……」

「……」

空木は井川の話と聞いて、その話をどう考えるべきか（信用して良いのか）と思わず黙った。

「井川さんの筆跡鑑定は、やはりやりますか」内村理沙は、空木に懐疑的な聞き方をした。

「鑑定に出す前に、井川さんの筆跡が手に入ったら、私に任せていただけないでしょうか。院外で井川さんと話をさせていただきたいのですが、宜しいでしょうか」

二人は頷いた。

「それから、確認しておきたい事があるんですが、担当の看護師の松宮さんが、ナースセンターに呼ばれたというのは、どんな用件で呼ばれたんでしょう」

空木は内村理沙を見た。

「青山先生が松宮さんを呼んで欲しいと言われて、他のナースが松宮さんを呼びに行ったんです。私もセンターにいましたから間違いないです。その日は、青山先生は何度かナースセンターに顔を出していました」

「青山先生はどんな用件で担当の看護師さんを呼んだんでしょう。何か聞いていませんか」

「私の耳に入ってきた会話では、ＶＩＰ患者の岩松さんの今日の容態を聞いているようでしたが……詳しくは分かりません」

「主治医でもないのに容態を聞いていたんですか……」

青山が違う意図を持って担当看護師の松宮を呼び出したとしたら、（ＫＣＬを注入する時間を作る為だったとしたら）実行した人間との共謀ではないか。空木はそう思うと、やはり何とかして、青山が薬剤部から受け取ったＫＣＬが、本当に息子の実験に使われたのか、調べなければならないと思ったのだった。

「空木さん、青山副院長のＫＣＬの使い道の確認は出来そうですか」

水原はまるで空木の考えていた事を見抜いたかのように訊いた。

「悪い頭で知恵を絞っています。……少し強引にやってみようかと思いますが、外科病棟の皆さんの協力が必要かも知れません」空木はある方法を考えていた。

そして、その事とは別に、空木には新たに気にしなければならない佐野という人間が出て来ていた。

理事長室を出た空木は、事務部長の寺田の所に行き、外科看護師長の内村理沙、外科看護師の井川、内科病棟の看護師長の佐野に関して、提供が許される範囲の人事情報を要望した。

暫くして寺田は、家族情報の部分が削除された、三人の職歴書のようなもののコピーを空木に渡した。

それによれば佐野看護師長は佐野美佐（さのみさ）、四十歳。勤務歴八年でそれまでは湘南医科大学病院に勤務とあった。

井川は、井川房恵（いかわふさえ）、三十二歳。勤務歴は十一年で看護師の国家資格を取ってから以後この病院で勤務しており、一年前の四月に副師長に昇任していた。それは外科師長の内村理沙と同じ職歴だった。ただ一つ違うのは、内村理沙は副師長を飛び越して師長となっていた事だった。

# 5

翌日の木曜日、俄(にわ)か医療コンサルタントとしての院内巡回を済ませた空木は、内村理沙に病棟在庫の口裏合わせを済ませた後、薬剤部長室で部長の小村(こむら)に深刻な表情で向き合った。

「先週金曜日の、ＫＣＬ注射キットの外科と内科の病棟在庫に変な動きがありました。それで先程、払い出し担当の方に話を伺ったところ、先週の金曜日、内科の青山副院長に息子さんの実験用として欲しいという要望に、２セット払い出しされたと聞きました。小村先生が許可されて払い出しされたそうですが、個人に払い出しをしてその後の用途の確認はされているんでしょうか。例えば、使い終わったキットを回収するとかですが」

「いいえ、していませんが……。変な動きというのは？」

「外科から内科へ２セット貸出しがあったようですが、使用先が不明です。青山先生に払い出された２セットとの関連の有無の確認が必要です」

空木は自分の推理を確認するため、外科病棟の協力を得て、俗に言うハッタリという思い切った手を使った。

医療コンサルタントの肩書の空木からの指摘に、小村の顔は強張った。

「拙(まず)いですね。至急確認するべきです。ＫＣＬの使途の重要性については、薬剤師の皆さんなら十分承知している筈ですが、どうして確認を怠ったんですか。至急青山副院長のご家族に連絡して確認してください」

空木のその口調は強く威圧感があり、そして命令的だった。

「は……青山副院長に聞いて確認するようにします」

「先にご家族からの確認を取って下さい。先生は今、回診中です。電話番号はこれです。調べておきました」

空木はそう言って、電話番号を書いた一枚のメモ用紙を小村に渡した。

小村は、空木の勢いに押されたのか、青山の自宅の電話番号まで用意する空木の手回しの良さに疑問を抱くことも無く、机の上の受話器を取った。

電話の相手は、どうやら青山の妻のようだった。

本当に息子の実験に使われていたら、使っていなくても家族で口裏を合わせていたら、という不安が、一瞬空木の頭に過った。次の瞬間、その不安は杞憂に終わった。

電話を終えて受話器を置いた小村の顔は、一層強張っていた。

「先生はご自宅には持ち帰っていないようです。息子さんも実験はしていないようで、どこにもＫＣＬは見当たらないと奥様が言っていました。どういうことでしょう……」

「……それは拙い事になりましたね。この事は暫く口外しないでおきましょう。青山先生には私から内々で聞いてみる事にしますから、私に任せてください」

空木は（やはりか）と胸の内で呟いた。これが、内科病棟のＫＣＬの補充に使われた証拠とは言えないが、ＫＣＬ注射用の２キットの行方が分からない事は事実だ。


病院を出た空木は、看護師の井川房恵との面会に、調整をしてくれた内村理沙から指定された、病院からそれ程遠くない、青梅街道沿いの珈琲店に向かった。

準夜勤務の井川房恵との面会は、午後二時の約束だった。空木は井川房恵の顔が分からなかったが、彼女は空木をしっかり認識していたらしく、入口で待っていた彼女は、空木を見ると「お疲れ様です、井川房恵です」と声を掛けた。

珈琲店の中は涼しかった。客の入りは、半分ぐらいのように見えた。

店員に案内されてテーブルに着くと、二人はアイスコーヒーを注文した。

「内村師長から、空木さんが私に話があるので会って欲しいと言われましたが、一体どんなお話しなんでしょうか」

井川房恵の顔つき、その口調は、緊張感が空木にも伝わってくるかのように硬かった。

空木は、改めて『スカイツリー万相談探偵事務所所長』の名刺を井川房恵に差し出した。

名刺を前にした井川房恵は怪訝な顔をした。

「探偵ですか……医療コンサルタントではなくて」

空木は、七月一日金曜日に、容態が急変して亡くなった岩松兼男の死因について、理事長から内密に調査するよう依頼を受け、病院に出入りする際の仮の職業として、医療コンサルタントを名乗る事になったと説明した。

「その探偵さんが、私にどんな話を……。岩松さんは薬の副作用が原因だと聞いていますが……」

井川房恵の表情は、怪訝な顔から不安な顔に変わった。

「岩松さんの死因は、表面上は副作用とされていますが、どうやら何者かにＫＣＬを急速注入されたことが原因だと思われます。それは岩松さんへの恨みとかではなく、外科病棟看護師長の内村理沙さんへの嫌がらせのつもりだったものが、思わぬ結果になってしまったというものだと私は考えています。……そしてその行為を実行したのはあなた、井川さんではありませんか」

「え……何故、私が」井川房恵は固まった。

空木はアイスコーヒーをテーブルの端に寄せ、二通の手紙と封筒、そして一枚の看護日報と書かれたコピー用紙をテーブルの上に置いた。

「この看護日報は井川さん、あなたの直筆で書かれたものです。そしてこの二通の手紙のうちの一通は、五島先生の婚約者で、亡くなられた池永由加さんという看護師の方に送られてきた嫌がらせの手紙で、もう一通は、この四月に昇進したばかりの内村さんに送られて来た嫌がらせの手紙です。これらの筆跡が鑑定して全て同じだとしたら、…いやこれらは一目して一緒です。鑑定の必要が無いぐらいに。つまり嫌がらせの二通は井川さん、あなたが送ったものですよね」

「………」

「そして、あなたは五月に行った甲武信ヶ岳の小屋で、内村さんのコーヒーに眠剤を入れて飲ませましたね。あなたは誰にも気づかれなかったと思っていたのでしょうが、実はあなたが白い粉を入れるところを見ていた人物がいたんです。内村さんはその白い粉が入ったコーヒーを飲んだ三十分後に、ふらついて転倒した。巻き添えで高野という女性も傷を負った。証明する物はありませんが、その白い粉は眠剤でしたね。それは立派な犯罪ですよ。そしてさらにあなたは、師長になった内村さんへの嫌がらせの極みとも言える行為をした。外科のＶＩＰ患者の岩松さんにＫＣＬを投与して内村さんの失態にしようとした。違いますか」

「……そんな事…していません…」井川房恵の声は、聞き取れないほど小さな声だった。

「岩松さんは亡くなりました。内村さんたちが転倒して怪我をしたのとは訳が違います。警察に捜査を委ねなければなりません」

「待って下さい……手紙を二人に送ったのは確かに私です。でも……」

「眠剤は？」

「……内村さんのコーヒーに、磨り潰した眠剤を入れて飲ませもしました。でも岩松さんにそんな酷い事はしていません。絶対にしていません」井川房恵は俯いたままだった。

「内村さんにした事は認めるんですか」

「……はい」

「何故、そんな事をしたんですか。単純な意地悪では済まされない酷い事ですよ」

井川房恵は、空木の言葉に一瞬顔を上げたが、また直ぐに俯いた。そして、同期で入職して、自分が先に副師長になっていたのに、自分を飛び越して師長になったのが悔しくて、妬(ねた)んでやってしまったが、山で転倒して怪我をした二人を見て怖くなり、今は後悔し、謝りたいと話した。

今年の一月に、池永由加に〈玉の輿〉と書いた手紙を送ったのも、自分と同じ看護師という立場で、医師と結婚することに嫉妬しての嫌がらせだった。彼女はあんな事になり、五島先生にお詫びしたいとも話した。

「でも、私は看護師としての誇りは持っています。患者さんにＫＣＬを急速注入したらどんな事が起こるのか、予想もつかない急変が起こってもおかしくない事ぐらいは理解しているつもりです。絶対にそんな事はしていません。あの時間は、受け持ちの病室の患者さんの回診をしていました」

井川房恵はそう言うと、顔を上げ空木を睨むように見つめた。その目は充血していた。

井川房恵の言葉を信じて良いのか空木の気持ちは揺れた。

「井川さんは、岩松さんの容態が急変する直前に、ＶＩＰ用個室から出て行く看護師さんを見たと言われたそうですが、それは本当ですか」

「本当です。私が受け持ちの病室を出た時、ＶＩＰ用個室を出て、非常階段の扉を開けて出て行ったんです」

「それが内科の師長の佐野さんという看護師さんだった」

「はい、佐野さんでした。佐野さんは、院長や副院長と同じ湘南医科大学病院からこの病院に来たんですが、その当時私も内科にいましたから、後ろ姿でも間違える事はありません。佐野さんがした事かどうかは分かりませんが、岩松さんの容態が急変したのは、その直ぐ後でした」

　空木は外科病棟の病室配置を思い浮かべた。外科病棟も内科病棟も病室の配置は同じで、ナースセンターを挟んで、東西に延びる廊下の北側と南側に四人部屋、二人部屋、個室と連なり、一番西側つまりコの字の突き当りにＶＩＰ用個室と非常階段がある。

「井川さんの受け持ちの病室は何号室ですか？」

「３１８号室から３２０号室です」

「……南側の病棟の一番西側ですか？」

「そうです。その３２０号室からは、ＶＩＰ用個室の出入り口のドアが見えるんです。空木さんは、まだ私を疑っているんですね。それは仕方のない事かも知れませんが、悔しいです」

　井川房恵の充血したその目からは、今にも真っ赤な涙が溢れてきそうだった。

「そうではありません。逆にあなたが信用出来るかどうかの確認なんです。……もし仮に、佐野さんと云う看護師さんがやったとしたら、井川さんはその動機というか、原因はなんだと思いますか。内村さんへの嫌がらせですか、それとも外科への嫌がらせですか。思い当たることはありますか」

「思い当たる事ですか……。あるとすれば、水原先生と仲の良い内村さんへの妬(ねた)みか、空席の看護部長争いで差をつけるためなのか、ですが……」

「看護部長争いですか」

「内村さんはどう思っているか知りませんが、この四月に空席の看護部長に昇進しなかったことが、佐野さんにとってはショックだったようで、飛び級で師長になった内村さんをライバルだと思っているそうです。内科病棟では、内村さんは理事長の引きで師長になったと言っているらしいです」

「その話は、内村さんの耳にも入っているんですか」

「知っていると思います。でも内村さんは気にしていないようで、言いたい人には言わせておけばいいっていう態度で、佐野さんにも普通に接しています。しっかりした人だと思います」

「もう一つ、佐野さんと青山副院長との繋がりというか、親しさはどんな感じなのか、井川さんの印象を話してもらえますか」

「青山先生と佐野さんですか。……親しさの程度は分かりませんが、院長、副院長、佐野さんは同じ湘南医科大学病院に勤務していましたから、それなりに親しいと思いますが」

「佐野さんがここに来たのは、八年前ですね」

「そうだと思います。院長と一緒に来てから暫くして師長になった筈です。青山先生はその後二、三年してからここに来たと思いますが、佐野さんとの噂めいた話は知りません」

井川房恵は時間を気にしているようだった。

「井川さん、あなたが岩松さんにＫＣＬを急速注入したと疑ったことは、お詫びします。しかし、池永由加さんと内村さんにあなたがした事は事実です。私から五島先生、内村さんにこの事を話すことはしたくありませんが…」

「……二人には私から謝らなければいけないと思っています。特に内村さんとはこれからも一緒の職場で働きたいと思っていますから、空木さんにはしばらくの間この話は、黙っていて欲しいのですが……」

「分かりました。私から話しはしませんから、井川さんが思う形でお詫びをしてください」

「ありがとうございます。必ずお詫びします」

井川房恵とともに珈琲店を出た空木は、準夜勤務で病院に向かう彼女に別れを告げた。


久し振りに平寿司の暖簾をくぐった空木は、カウンター席に一人で座っている先客に「お久し振りです」と挨拶し隣に座った。

先客は小谷原幸男（こやはらゆきお）と言う、空木より三歳年上で京浜薬品という製薬会社の営業所長をしている男だった。空木と小谷原は、空木が北海道勤務当時からの友人で、空木が退職して東京に戻ってきた後、小谷原も後を追う様に札幌からの転勤で、国立市に家族と共に住んでいた。

空木は、佐野美佐と云う看護師が、ＫＣＬを岩松兼男に投与した動機が、看護部長争いのためだったのか考えていた。関係のない人を殺してまで昇進したいと思うものだろうか。それよりも何よりも、佐野美佐は本当にＫＣＬを投与したのだろうか。それを明らかにする方法はあるのだろうか。そんな事を整理しようと平寿司に来ていた。

「小谷原さんは、社内に昇進争いのライバルのような人はいるんですか」

空木はグラスのビールを一気に空けて、鉄火巻きと烏賊刺しを注文した。

「空木さん、いきなり酔いが醒めるような事を聞きますね。支店長を目指すという意味では、全国の所長が全員ライバルという事になるんでしょうが、個人的に誰がというのは無いですよ。空木さんは万永製薬時代にどうだったんですか」

「私は、そういう世界から逃げてきた男ですから、ライバルという感覚が分からないんです。ところで小谷原さんは、昇進のためにライバルの足を引っ張る人間がいると思いますか」

「うーん、足の引っ張り方によるんでしょうけど、いると思いますよ。私はしませんけどね」

「そういう人間がいたとしても、他人の命を奪ってまでしてライバルの足を引っ張るなんて考えられませんよね」

「当たり前ですよ。でもやり過ぎて死んでしまうことも、無きにしも非ず、かも知れないですね」

「やり過ぎですか……」

「例えば、酒宴の席で、ライバルが酒に弱いと知っていて潰そうとして無理に飲ませて死なせてしまったとかね。まあ普通ではあり得ない事ですけどね」

空木は小谷原と話しながら、岩松にＫＣＬを投与した人間は、ＫＣＬの基本知識は持っていた筈で、ＫＣＬには致死量というものが明確にはなっていない事も知っていたとすれば、岩松が死ぬとは思っていなかったのではないかと想像した。しかしながら、ＫＣＬを２キット投与しているとすれば、それは心停止する確率を高めている事になる。やはり死亡させる事が目的だったのだろうか、とも考えるのだった。

次に空木は、佐野美佐へのコンタクトをどのように取るべきかを考えた。

事実としては、あの時間に外科のＶＩＰ用個室付近に居たという事だけであり、それだけではＫＣＬを投与した証拠にはならない。もう一つの事実は、副院長の青山が、ＫＣＬ注射キットを２キット薬剤部から受け取り、その行方が分かっていないという事だ。その２キットが内科病棟へ持ち込まれ、在庫の補充に使われた事が判明すれば、内科の病棟在庫がどこに使われたのか、佐野美佐を問い詰める大きな材料になるだろう。空木は、まず青山からコンタクトを取ることにした。

翌日、空木は早朝から武蔵国分寺病院六階の副院長室の前に立った。こうして早朝に立待ちをしているとＭＲ時代を思い出す。早朝の立待ちは、大事な用件で待つ事が大半で、緊張しながら医師が来るのを待ったものだった。

八時半過ぎ、青山は現れた。

「おはようございます。医療コンサルタントとして大変重要な案件で伺いました」

朝から部屋の前に、医療コンサルタントを名乗る男に立待ちされ、重要な案件だと言われた青山は固まった。

小さなテーブルに青山と向かい合った空木は、ニコリともせず口を開いた。

「単刀直入にお伺いします。先生が、先週金曜日に薬剤部から受け取ったＫＣＬ注射用キット２キットはどうされましたか」

「朝から何かと思えばそんな事でしたか。あれは中学生の息子の炎色反応の実験に使いました。炎の色がＫＣＬを含ませると青色に変わる実験です。あなたもご存知でしょう。それがどうかしましたか」

「………」

空木は思ってもみなかった青山の答えに言葉が出なかった。昨日、薬剤部の小村から青山の自宅に、ＫＣＬについての問い合わせをしたにも拘わらず、青山の妻はその事を話していなかった。医療に携わる夫の仕事には口を出さない主義なのか、夫婦の会話が無い生活なのか分からないが、それは空木にとっては幸いな事だった。

「私たちもそう思って、間違いないか昨日ご自宅に確認させていただきました。先生、実験には使っていませんでしたね。そもそも実験なんかしていないじゃないですか。先生、ＫＣＬの使途不明は、医療監視上の大問題です。先生ご自身の責任問題にもなりかねません。もう一度お聞きしますが、どうされました。正直にお答えください」

「……」言葉を探すかのように無言になった青山の目が、宙を泳いだ。

「まさか人に使った……」

「いえ、そんな事はしていませんが……。ある人に頼まれたんです」

青山の頬が微かに紅潮していた。

「院外の方ですか、それは困りましたね。誰に頼まれたのですか」

「……院内です。内科病棟の在庫が合わないので助けて欲しいと頼まれたんです」

「内科の誰ですか、看護師ですか。佐野師長ですか？」

「……そうです」

「何故在庫が合わなくなったのかは、お聞きにならなかったのですか」

「聞きませんでした。彼女とは湘南医科大学病院時代からの知り合いでしたから、何も聞かずに頼みを受けてしまいました。軽率でした」

「分かりました。正直にお話しいただきありがとうございました」

空木は、青山が全て正直に話しているという確信は持っていなかったが、佐野美佐にコンタクトする前に、自身の推理に自信と確信を得ることが出来た事に大きな成果を感じていた。


四階の内科病棟に下りた空木は、ナースセンターに佐野美佐を探した。

髪を後ろで束ねた佐野美佐は、四十歳という年齢より若いように感じた。空木は、医療コンサルタントとして重要な話があると言って、午前中の業務が一段落したら、六階の会議室に来て欲しいと伝えた。

十二時を少し回った時間に、佐野美佐は会議室に入って来た。その顔は幾分緊張しているようだった。ぐるりとロの字に並べられた長机の一角に座っていた空木は、彼女を自分の座る角のもう一角に座るように促した。そして徐(おもむろ)に話し始めた。

「私は、この病院にとって、とても大きな問題を見つけてしまいました。医療コンサルタントとして見て見ぬふりをする訳にはいきません。それは、先週の金曜日のＫＣＬ注射キットの使途が分からなくなっていることです。そのことについて佐野さん、あなたはその使途を知っていますね」

「……何の事なのか私には……」

佐野美佐は、予想もしていない空木の話だったのか、そう言うと呆然と空木を見つめているだけだった。

「内科病棟のＫＣＬの在庫の補充のために、青山副院長に何とかしてくれるように頼みましたね。青山先生が話してくれましたよ」

「青山先生が……」

「使途が言えないのでしたら、私が言いましょう。外科病棟のＶＩＰ用個室にその日入院していた岩松兼男さんに、午後一時四十五分頃投与しましたね」

「え、………」佐野美佐は絶句した後、激しく首を振った。

「その時間に、あなたがＶＩＰ用個室から出てくるところを見てしまった看護師さんがいたんです。その方にここに来てもらいますか?」

「……」佐野美佐は、また首を振った。そして俯いた。そして「どうしてあなたにそんな事を言われなければいけないんですか」と俯いたまま震える声で返した。空木には佐野美佐の精一杯の抵抗のように見えた。

「私は、麻倉理事長から、岩松さんの死因を内密に調べるように依頼された探偵です。これが本業です」

空木はそう言うと、佐野美佐の座る机の上に『スカイツリー万相談探偵事務所所長』の名刺をそっと置いた。

「……探偵……理事長が死因を…」

顔を上げた佐野美佐の顔は強張り、その目は何かを探すかのように動いていた。

「あなたは内村さんへの嫌がらせのつもりだったのか、それとも看護部長のポストのためだったのか分かりませんが、外科のＶＩＰ患者の容態を急変させて外科病棟を大混乱させようとして、担当看護師が部屋を空けた隙を狙ってＫＣＬを注入した。あなたは、岩松さんが死ぬとは思っていなかったから躊躇せず注入したが、岩松さんは思わぬことに死んでしまった。慌てたあなたは、古くからの知り合いである青山先生に助けを求めて、使ってしまった内科病棟のＫＣＬを補充した。これが私の推測です。明らかな事実は、青山先生があなたに頼まれてＫＣＬの注射2キットを、内科病棟の在庫の補充に手配したという事だけです。あなたが使ったという証拠は何処にもありません。あなたが認めない限りあなたがやった事にはならないでしょう。でも私は理事長には、今あなたにお話しした私の推測も含めて全てを話すつもりです。更には、異状死(いじょうし)として届け出ている警察にも、改めて報告すべきと進言するつもりです。佐野さん、あなたが看護師として、人間としてどういう人生を送る覚悟でいるのか、それ次第です」

「………」、佐野美佐は、また俯いて黙った。

「人は誰でも間違いを、過ちを犯します。そういう生き物なんだと思います。ただ、獣と違うところは、間違いや過ちを犯したら、謝り償うことが出来る事です。私は、（能(よ)く生きる）という言葉が好きです。その意味は、どんな境遇にあっても、失敗しても、挫けてもいつかきっと良い事があると信じて精一杯生きる事、過ちを犯してもそれを認め、償い、精一杯人間として生きようとすることだと思っています。佐野さんにも能く生きて欲しいと願っています」

空木は椅子から立ち上がった。

「まさかあんな事になるなんて……」

そう言って顔を上げた佐野美佐の目は、真っ赤に充血していた。その目で、午後からの仕事が出来るのだろうかと空木が心配になる程だった。

佐野美佐は、空木と共に理事長室のドアをノックした。

彼女は空木の推測通り、岩松兼男にＫＣＬを注入したことを理事長の麻倉に告白した。空木の推測と異なった事は、青山にＫＣＬ投与の相談をした上で、青山が担当看護師を呼び出す役回りをして協力したという事だった。

理事長室を出た空木は、三階の外科病棟に下りた。

ナースセンターの前に立った空木は、水原と内村理沙を探した。水原の姿は無かったが、内村理沙が空木に気付き近づいて来た。

「空木さん、井川さんからお詫びの手紙をついさっき貰いました。直(じか)に謝ってもくれました。もう私たちは大丈夫です。ありがとうございました」内村理沙は頭を下げると振り向いて、「井川さん、空木さんよ」と後に居た井川房恵に声を掛けた。

井川房恵は丁寧に体を折って「ありがとうございました」と小さな声で言った。

「それは良かったです」と空木は微笑んだ。

「ところで、佐野師長が岩松さんへのＫＣＬの投与を認めました」

空木は周囲に気遣い、小声で伝えた。

「え、……」

「水原先生はお見えにならないようですので、内村さんからお伝えくだささい」

「先生は今、内視鏡室にいますから、是非空木さんから直接伝えて下さい」

内村理沙の言葉に従った空木は、エレベーターで地下の内視鏡室に向かい、水原の時間が空くのを待った。

内視鏡室から出てきた水原は、空木がわざわざ内視鏡室まで来たことに察したのか、「何か分かったんですね」と訊いた。

空木は、井川房恵と面会した結果を話した後、佐野美佐がＫＣＬの投与を認めた事を伝えた。

「そうですか、やはりそうでしたか。残念な結果ですが、事実として受け入れるしかないですね。これからの病院内外への対応が難しいです。理事長も院長も大変でしょうね。そんなことよりも、空木さんにはこんなに短期間で調べていただいたことに感謝しなければいけませんね。ありがとうございました。それにしても、井川も佐野も優秀な看護師なのに……。己の心のコントロールほど難しい物はないんですね」

空木は、何も語らず、「……それでは私はこれで失礼します」と一礼して水原に別れを告げた。

一階の病院玄関に向かう空木の目に、見覚えのあるがっちりした体躯の男の背中が見えた。その男は、空木の高校の同級生で、国分寺警察署の刑事の石山田巖（いしやまだいわお）だった。エレベーターホールに向かう石山田に、空木は声を掛けなかった。

空木は、「病院もこれからが大変だ」と呟いて病院の玄関を出た。外は蒸し暑く、今にも雨が落ちてきそうに暗かった。まるで武蔵国分寺病院の前途を暗示しているように空木には思えた。

# 悪酌（あくしゃく）

# 1

日本橋本町二丁目の、オーシャン製薬本社ビル五階の医療情報本部の会議室では、七月六日水曜日早朝から、市販後情報部長の竜野が、武蔵国分寺病院で発生した制吐剤、製品名「セロン」の副作用に関して緊急の報告をしていた。

その会議室には、医療情報本部長の高梁（たかはし）の他、市販後情報部解析GM（グループマネージャー）の桑田と情報収集GMの戸部の三人が竜野の報告を静かに聞いていた。

竜野の報告を聞き終えた三人は、一様に眉間に皺を寄せた。本部長の高梁が重苦しい雰囲気の中、口を開いた。

「厚労省から、この症例を持って何らかの指示があるとは思えないが、問題はこの案件を我々としてどう判断し、どう対応するのかという事になるんだが、竜野部長はどう考える？」

「患者が亡くなっているという事象から言えば、重大な副作用という位置付けにあることは間違いないのですが、この症例の原因が100％セロンによるものなのかと言えば、それは、その可能性が否定できないという位置付けにあるのが現状です。担当の先生の所見でも報告した通りで、私はこの一例のみを持って緊急安全情報を出すというのは拙速だと考えています」

竜野は静かな口調で考えを話した。

「そうか。二人はどう考える?」と高梁はGMの二人に顔を向けた。

「私も竜野部長の考えに賛成です。これまでのセロンの安全性から考えても、この一例で結論は出せません。今後の情報収集に力点を置くべきであって緊急安全情報の発出の必要は無いと思います」

情報収集GMの戸部は、淡々とした口調で意見を言い、眼鏡を掛け直した。

「なるほど分かった。桑田マネージャーはどう思う?」

「……果たしてそれで良いんでしょうか。セロンのような制吐剤は、癌の治療薬という位置付けではなく、あくまでも抗がん剤を継続投与するための補助薬のような位置付けです。それが重篤な副作用を起こす可能性があるという事は非常に重いことではないでしょうか。緊急安全情報の発出が必要かどうかの判断は、難しい事ですが、この症例を基にした何らかの情報提供をすべきではないかと私は思います」

桑田はそう言うと、上司である竜野を睨みつけるように見た。

「桑田マネージャーの意見は正論かも知れないですが、不確実な情報提供は医療機関をいたずらに混乱させる結果になり兼ねないと思います。桑田マネージャーはどんな情報提供を考えているんですか」

竜野は高梁にそう言った後、桑田に顔を向けた。

「……分かりませんが、営業本部に状況を説明した上で、営業の考えを聞いてみたらどうでしょう」

桑田は竜野の目を避けるようにして高梁に目を向けた。

「今週の執行会議で執行役員には報告することになるから、熊川（くまかわ）本部長にはそこで相談出来る事は出来るんだが……」

「しかし本部長、それなら営業にはその前に話しておいた方が良いのではないですか。さすがに熊川本部長も、話を聞かされた執行会議の場で、即決で判断するのは難しいんじゃありませんか。今日か明日の間に私から営業本部に説明しておきましょうか」竜野だった。

「それが適切だろうな。竜野部長、お願いするよ」

「分かりました。営業には私から説明しますが、その際には現段階での高梁本部長のお考えをお聞きした上で説明したいと思うのですが、いかがですか」

「……現状では、竜野部長の考えと同じで、この一例を持って緊急安全情報の発出は拙速だと思う。今後の情報収集に力点を置くべきだと考えている」

高梁の言葉に、竜野はホッとした表情を浮かべた。

高梁の考えが三人に伝えられたことで、会議の結論が出たというように三人は高梁を見て頷いた。


翌日の午前中、四階の営業本部のフロアから戻った竜野は、高梁のデスクの前に立っていた。

「ご苦労様でした。それで営業本部の考えはどうだった？」

目を通していた書類から顔を上げて高梁が訊いた。

「それが、熊川本部長は出張で不在でしたので、営業としての考え方を聞いたとは言えないのですが、営業企画部長の金井（かない）さんと、営業推進部長の東村（ひがしむら）の二人に説明して、考え方を聞きました」

「それで、二人はどう言っているんだ」

「二人はこちらの考え方を、理解出来ると言ってくれましたが、本部長の考えを聞かないと営業本部としての結論は出せないという事です」

「やっぱりそうか。それで熊川本部長はいつ戻って来るんだ」

「明日の執行会議までには戻って来るそうですから、会議の席で高梁本部長から直接聞くことになると思います。とは言え、それまでに概略は部長の二人から事前に聞かれると思いますが。それで、東村の意見なんですが、武蔵国分寺病院の担当医にもう一度面会して、セロンが影響しての副作用なのかどうか、担当医としての印象を確認すべきではないかと言うんです」

「……東村部長は竜野部長とは旧社の同期だったね」

オーシャン製薬は三年前、中堅製薬会社の恒洋（こうよう）薬品と大空（だいくう）製薬が合併して新たに出来た会社だった。高梁が言った旧社という言葉は、その一つの大空（だいくう）製薬を指していた。

「はい、そうですが……」

「推進部長の東村部長としては、営業としては面倒で、且つ売り上げに悪影響するような情報提供は、医療機関に出したくないというところだろうが、それだけではなく、同期である竜野部長の考え通りに進めさせたいと思って言ったのではないかと思ってね」

「それもあるかも知れませんが、担当医にセロンの副作用ではないのではないか、とはこちらから言えませんよ。データも先日の発売以来の有害事象を集めたデータ以外、新たなデータで示せるような材料はありません」

「……研究開発データとか、承認申請データとかを見せて説明してみたらどうだろう。セロンの副作用ではないとは言わないまでも、先生からセロンの副作用とは考え難いとか、その可能性は極めて低いとかの言葉を貰えるんじゃないか」

「しかし、そんなデータを研究開発から貰えるんですか」

「研究開発の本部長の仲野(なかの)は私の大学の教室の一年後輩なんだ。無理を承知で頼んでみる」

高梁はそう言うと、デスクの上の受話器を手に取り、内線ボタンを押した。

暫くして高梁は、竜野と解析GMの桑田をデスクに呼んだ。

「明日中に研究開発本部から、セロンの安全性データと承認申請データが紙ベースで届く事になった。それを持って来週月曜日中に病院に行って担当医に説明して来て欲しい」

「今どき紙ベースですか」桑田が驚いたように聞いた。

「研究開発本部から電子データで出すことは出来ないそうだ。万一の事があると承認申請書の保持保管の不備で大問題になり兼ねないので、紙ベースにして、しかも見せるだけでうところだ」

絶対に渡さず返送してくれと言っているんだ。それを了解して、やっと出してくれたとい

「会社の重要な機密データという事でしょうが、それにしても慎重ですね。そのデータで先方が理解してくれれば良いでしょうが……」

「セロンの安全性に対する我々の思いがそのデータで伝えられれば、それで善(よし)としよう。二人で行ってくれ」

「すみません、私は月曜日には出張が入っていて行けないのですが、私の代わりに片倉に行かせて良いでしょうか」

桑田は手にしたスマホのスケジュールを見て言った。

「そうか、片倉で大丈夫ならそれで良いが、土曜日曜でデータを一通り読んで理解した上で、先方と会ってもらわなければならないが、大丈夫だろうな」

「大丈夫だと思います。彼も解析グループの一員ですから」

「土曜日中に行けと言われなくて良かったですよ。金曜日の夜は、久し振りの医療情報本部の納涼会ですから、ゆっくり飲んでいられなかったですからね」

竜野もスケジュールを見ながら言った。

翌日金曜日の四時過ぎ、執行会議からデスクに戻った高梁は、竜野を呼んだ。

「熊川本部長はどうでしたか」

竜野は、高梁から呼ばれた意味を、高梁の眉間の皺に、嫌な予感を感じ取りながら訊いた。

「……熊川さんは、一例とは言え重大事故であり、売り上げに悪影響が出たとしても、医療機関への情報提供をすべきだ、という考えだった」

「えっ、因果関係が不明であったとしても情報提供すべきだと言うんですか。医療機関を混乱させる事になりますよ。それでいいんですか」

「そうなんだ。それで、担当医の所見をもう一度確認してから改めて方針を検討することになった」

「月曜日の面会次第ですか」

「そういう事になる」

「それで因果関係が否定されなかったら、緊急安全情報の発出ということですか」

「それは何とも言えないが、そうなるかも知れないな」

「しかし変な話ですね。営業企画部長も推進部長も我々の考えに賛成しているのに本部長が反対するとは……」

「俺も驚いたよ。売り上げを伸ばすことに異常な執念を持っている熊川さんが、売り上げが減っても仕方ないと言うとは思わなかった」

「いつもなら、我々の部から売り上げの足を引っ張る情報を出すと、営業からは嫌な顔をされるのに、今回は我々が出す必要は無いと言っているのに、営業が出せという。売り上げのアクセル役とブレーキ役が真逆ですね」

「確かにそういう絵図になっているが、我々の役目が正しい情報を正しく伝える事である以上、客観的に判断できる情報を複数収集する事は絶対条件だと思う。事はどうあれ医療情報本部としてこうすべきと思う事を粛々と意見具申するしかない。取り敢えず来週の月曜日に片倉君と病院へ行ってくれ」

「分かりました」

返事をした竜野は、自分のデスクに戻りながら、三日前に武蔵国分寺病院の会議室で面会した、担当医の水原という医師の落ち着いた話し振りを思い返しながら（こっちの思いを正直に伝えてみるか）と呟いた。

片倉隆文が、上司の桑田から渡された厚手で大きめの封筒は、ずっしりと重く、『シークレット』の朱印スタンプが押され、高梁医療情報本部長殿親展と書かれていた。

前日、桑田から状況説明を受けた片倉は、普段持ち歩かない黒い書類カバンを持って出社した。そしてそのカバンに桑田から渡された封筒を入れた。

その夜、医療情報本部の納涼会に参加した片倉は、飲み会が催された日本橋室町から、桑田との相乗りのタクシーで東京駅に向かった。

中央線を通勤に利用している片倉にとっての会社への最寄り駅は神田駅だったが、座って帰りたい時には東京駅を使い、東京駅始発の中央線快速電車に乗っていた。この日も片倉は座って帰ろうと中央線ホームに並んだ。

時刻は夜九時を過ぎていた。高尾行の快速電車の6号車に並んだ片倉は、七人掛けシートの中央に何とか座ることが出来、書類カバンを膝の上に置いた。

蒸し暑いホームからエアコンの効いた車内は、酔って火照った体の片倉に強烈な睡魔となり、動き始めてガタゴトと適度に揺れる車両の中で、心地良い眠りに吸い込まれた。

下車駅の武蔵小金井駅までのおよそ四十分はあっという間に過ぎた。

片倉は膝の上の重さが、突然はぎ取られた瞬間に目が覚めた。

「あっ、え…」何が起こったのか直ぐには理解出来なかった片倉は、声を上げ周りを見た。

焦点が定まらない片倉の目に、黒いカバンを持って電車を降りて走って行く男の後ろ姿が映った。

「俺のカバンだ、返せー、泥棒」と叫んだ片倉は、ふらつく足で男の後を追いかけて電車を飛び降りた。降りた駅がどこなのか片倉には全く分からなかったが、自分が降りた駅が降りるべき武蔵小金井駅ではないように感じた。乗降客はかなり多かったが、皆驚いて立ち止まり、左右に道を開けるように避けるものの、その男を取り押さえようとする客はいなかった。

男を追って「待てー」と叫びながらホームからの下りの階段を走り下りた片倉は、階段の半ばで足を踏み外し「あー」と小さく叫んで落ちた。

## 2

七月も半ばに差し掛かり、六月末から続いていた晴天猛暑も、ここ数日は梅雨空に戻っていた。

ここ暫く趣味の登山に行けなかった空木健介(うつぎけんすけ)は、部屋の中から曇り空に目をやりながら、今年の夏の山行を南アルプスの北岳にしようか、中央アルプスの空木岳(うつぎだけ)にしようか考えていた。

調査料が入金された事を確認した空木が、馴染みの寿司屋の平寿司に行こうと腰を上げた時、スマホにショートメールの着信があった。差出人は、以前空木が埼玉の大宮で面会した片倉康志(かたくらやすし)という男だった。

そのメールには「突然失礼します。ご相談したい事があります。電話をさせていただいて宜しいでしょうか」と書かれていた。それを見た空木は、改めて椅子に座り直した。

空木は返信するよりも、片倉康志に自分から連絡する事にした。

片倉康志は直ぐに携帯電話に出た。

「片倉です。空木さんお久し振りです。こちらからお電話すべきなのに申し訳ありません」

「いえ良いんです。気にしないで下さい。それよりも私に相談したい事というのは……」

「突然のお話で申し訳ないのですが、以前いただいた空木さんの名刺を見て、もしかしたら力になっていただけるのではないかと思って連絡させていただこうと……。実は、私の弟が電車の中でカバンを盗まれたのですが、それがよりによって会社の重要書類が入っていたとかで、責任を取って会社を辞めると言っているのですが、空木さんにそのカバンを探していただきたいのです。引き受けていただけませんか」

「それは……、警察に任すべき事のように思います。それにどこで盗まれたのか分かりませんが、私一人で東京都内からカバン一つを探し出すのは不可能です。警察には届けたんですよね」

「はい、盗難に遭った駅の管轄の国分寺警察署に届け出ました。警察も犯人を捜してくれていると思いますが……」

「国分寺警察署ですか……。どこの駅で被害に遭ったんですか」

「国立駅だそうです。それもあって空木さんの事務所の近くではないかと思って、相談しようと思ったんですが……ダメですか」

「うーん、引き受けるのは良いんですが、探し出せる可能性は無いと思います。安請け合いしても片倉さんに迷惑になるだけでしょう」

　空木は、国分寺署と聞いて、関わってみたいという好奇心がいくらか湧いて来ていた。

「迷惑だなんて、そんな事はありません。それにカバンが出て来るとは私も期待はしていません」

「……じゃあ何を期待しているんですか？」

「それは私にも分かりませんが、怪我をして入院している弟の落ち込み方を見て、兄として何とか力になってやりたいと思っているだけかも知れません。とにかく警察任せではなくカバンを探す努力をしてやりたいんです。力になっていただけませんか」

「そのカバンに入っていた書類というのは、どんな物だったんですか」

「会社の重要書類というだけで、私にはそれ以上のことは分かりません。引き受けていただけるようなら、入院している弟に会って話を聞いてやって下さい」

「弟さんは入院しているんですか、どこの病院に入院しているんですか」

「引き受けていただけるんですか」

「カバンというか、重要書類というのか、それを探し出す約束は出来ませんが、努力はしてみます。それで良ければ引き受けます」

「ありがとうございます。弟は片倉隆文(かたくらたかふみ)三十三歳、製薬会社のオーシャン製薬に勤務しています。カバンを盗られたのは先週の金曜日の夜で、犯人を追いかけて国立駅のホームから改札口に下りる階段で落ちました。その際、頸椎(けいつい)を損傷しまして、府中市の多摩急性期医療センターに運ばれて、暫く入院する事になると思います」

「オーシャン製薬ですか……」

「オーシャン製薬をご存知ですか」

「ええ、知っています。私も以前、製薬会社に勤務していましたから。確か恒洋(こうよう)薬品と大空(だいくう)製薬が合併した会社でしたね」

「そうです」

　空木は、国分寺警察署に続いて、聞き覚えのあるオーシャン製薬の名前を聞き、一瞬体に電気が走ったかのような感覚を覚えた。探偵業を始めて四年足らずの空木健介にも、それらしい感性が出来ているようだった。(何か面白そうだ) と心の中で呟いた。

　引き受ける事にした空木は、病院へ片倉隆文に会いに行く日時を決め、予め(あらかじ)兄の康志から連絡して貰うことを依頼して携帯電話を切った。

翌七月十三日水曜日、急性期医療センターに入院中の片倉隆文を空木が訪れたのは、午後三時過ぎだった。

四人部屋の病室ドア横の名札に書かれた名前で、片倉隆文の名前を確認した空木は、入室すると首にコルセットを装着した片倉隆文と思(おぼ)しき男に目をやった。

「片倉さんですか」と小さく声を掛けた。

「空木さんですか。忙しいところをありがとうございます。兄から連絡がありました。お待ちしていました」

片倉はベッドから体を起こし、挨拶するかのように体を折った。

「じゃあ俺はこれで失礼するよ」

ベッドサイドに座っていた男は、そう言うと立ちあがって空木に会釈するように頭を下げた。空木もそれに合わせて軽く頭を下げた。見覚えのある顔のように思えた。頭を上げた男は、空木をチラッと見て部屋を出ようとして、また空木に目をやった。そして、首を傾げて病室を出て行った。

「お兄さんから書類探しに協力して欲しいという依頼を受けました。空木健介と申します」

空木は改めての挨拶と同時に名刺を渡した。

片倉隆文も用意していた名刺を空木に渡し「片倉隆文です。この度は宜しくお願いします」と挨拶した。

空木は手にした名刺に書かれている片倉隆文の所属部署、オーシャン製薬医療情報本部市販後情報部を見て（武蔵国分寺病院で見た所属部署と一緒だ）と、心で呟いた。しかし、その事は口には出さなかった。

「大変な目に遭われましたね。お兄さんからは、書類の入ったカバンを盗られた際に、駅の階段から転落したとお聞きしましたが……」

空木は片倉隆文の首に装着されたコルセットに目線を送って言った。

「はい、情けない事にカバンをひったくられた時に階段から落ちてしまい、頸骨（けいこつ）を骨折してしまいました。幸い頚髄への損傷は無かったので助かりましたが、恥ずかしい次第です」

「そのカバンには、会社の大事な書類が入っていたとお聞きしましたが、一体どんな書類だったんですか。差し障りの無い範囲でお話ししていただけますか」

空木はショルダーバッグからメモの手帳を取り出した。

「……実は薬の認可の為に国に提出したデータの一部のコピーが入っていました」

「承認申請の時のデータという事ですか」

「そうなんですが……、空木さんは薬の事はどの程度ご存知なんですか」

承認申請という言葉が、すんなりと空木から出て来たことに、おやっと思った片倉だった。

「実は、私はこの仕事に就く前は、万永製薬のＭＲをしていましたから、薬事の事も少しは理解出来ます。しかし、そんな重要な書類を何故持ち歩いていたんですか」

「………」片倉隆文は暫く考えた後、言葉を選びながら話し始めた。

「うちの会社のある薬で副作用が発生して、その説明のための資料としてのデータでした。それを持って、月曜日の早朝に病院に行く予定だったので、週末の金曜日に持ち帰ることになったんです」

「なるほど、そうですか。それでひったくられた時の状況を教えていただけますか」

片倉隆文は、金曜日の夜の医療情報本部の納涼会で飲んだ後、東京駅から中央線快速電車で帰路に着いたが寝てしまい、下車すべき武蔵小金井駅を乗り過ごし、三つ先の国立駅で膝の上に置いていたカバンをひったくられた。そこで目が覚めて犯人の後を追ったが、足がふらついて階段から落ちてしまった、という一連の状況を説明した。

「こう言っては何ですが、大事な書類を持っていて、寝過ごすほど飲んだのですか」

「そう言われると……。自分としてはそれ程飲んだつもりはありませんでした。ビール、冷酒、そして最後にまたビールでお開きになりましたから、私の酒量としてはいつもと変わりはなかったのですが……。転寝(うたたね)はすることはあっても乗り過ごすほどぐっすり眠ってしまうのは今回が初めての事でした。大事な書類を預かっている身でとんでもない失態を犯してしまいました。責任を取るつもりです」

片倉は目を落とした。

「片倉さんは、毎日東京駅を利用しているんですか。御社の住所からすると、神田駅が会社の最寄り駅になるのでは？」

空木は、片倉隆文の名刺に書かれたオーシャン製薬の住所を見ながら訊いた。

「いつもは、神田駅から帰るのですが、飲んだ時とか座って帰りたいと思った時は、東京駅から始発電車に乗って帰るんです。先週の金曜日も飲み会の帰りで、上司と相乗りのタクシーで東京駅まで行って帰ったんです」

「カバンには書類以外には、他に何が入っていたんですか。例えば財布とかは入れていませんでしたか」

「いえ、データの入った紙袋だけでした」

「そうですか。金目当てなら金目の物が入っていないと分かれば、犯人は書類ごとカバンを何処かに棄てるか処分すると思いますが、カバンを拾ったという届出は無いんですよね」

「ありません」

「……カバンをひったくった男のことで、何か記憶していることはありませんか。何でもいいんです」

「それが、ほとんど記憶していなくて、白っぽいズボンに、白い半袖のTシャツの後ろ姿しか憶えていません」

「警察が駅の防犯カメラで確認してくれている筈ですし、目撃情報からも何か掴んでいるかも知れません。犯人が捕まればカバンの中の書類も見つかる事になると思います。私も書類をなるべく早く探し出す力になりたいと思いますが、探偵の私が出来る事には限りがある事だけは承知しておいて下さい」

「それは兄からも聞いています。私は今回の件の責任を取らなければならないと思っていますが、盗られたデータを探し出す努力も責任の一つだと思っています。それに警察任せにしていない事を会社に示さないと、旧社の人たちにも申し訳ないと思っています。空木さんには失礼な依頼かも知れませんが、結果に拘らず私の代わりに書類探しをしてもらう事が、私の罪滅ぼしにもなりますし、私の気持ちが納得するんです。どうか、力になって下さい」

「分かりました。精一杯動いてみましょう。それから、これは事件とは関係ない事なのですが、私と入れ替わりで出て行かれた方は、片倉さんとはどういうお知り合いなんでしょう」

「ああ、彼ですか。彼は旧社の大空製薬の入社同期で、堀井と云う男です。この多摩地区でMRをやっていて見舞いに来てくれていたんです。空木さん堀井をご存知なんですか」

「いえ、そうではないんですが、どこかで見たことがあるような気がしたんです。MRさんだとしたら、通院していた武蔵国分寺病院で見かけたのかも知れません」

「彼は武蔵国分寺病院も担当していますから、きっとそうだと思います。その病院が、私が盗られてしまったデータを持って、月曜日に行く予定の病院だったんですが、キャンセルする事になったのでその話も伝えに来てくれたんです」

「ああ、そうだったんですか」

それを聞いた空木は、オーシャン製薬の（ある薬の副作用）と言った片倉の話が見えたような気がした。それは武蔵国分寺病院で発生した制吐剤の副作用を意味していて、片倉隆文が盗られた資料は、その制吐剤の承認申請時のデータの一部だったのではないだろうかと。

こんな偶然が、しかもいくつも重なって起こる事に、空木は不思議さよりも、ある種の恐怖のようなものを感じる程だった。

病院を出た空木は、国分寺警察署の刑事、石山田の携帯に電話を入れた。

七月八日金曜日の、国立駅でのひったくり事件についての情報を得たいが為だったが、空木には武蔵国分寺病院の（ＫＣＬ投与）のその後も気になる事だった。とは言え、武蔵国分寺病院では、エレベーターに乗ろうとする石山田たちの後ろ姿を見送っただけで、自分が関与しているとは知らないであろう石山田に、武蔵国分寺病院の事件を訊く訳にはいかない。

「どうした健ちゃん、飲みの誘いかい」

石山田の大きな声がスマホから響いた。

「忙しいところすまない。飲みの誘いもあるけど、訊きたい事があるんだ」

空木は、片倉隆文が、先週の金曜日にひったくりの被害に遭って怪我をした事件に、仕事で関わることになった事を話し、ひったくられたカバンは見つかったのか、その犯人の目星はついているのか教えて欲しいと依頼した。

石山田は一旦電話を切り、暫くして空木の携帯に連絡して来た。

「その事件の担当は、河村という若い刑事が担当している。強盗傷害事件として捜査中だけど、カバンも出て来ていないし、犯人の目星もついていないようだ。国立駅の南口に逃げた事は分かっているが、その後の足取りが掴めていない。タクシー会社に聞き込みをしているが、難しいみたいだ。鉄道警察とも協力して捜査しているけど、この種の犯行は、常習犯なら目星もつくけど、そうでなければ捕まえるのは難しい。まさか仕事というのは、その犯人を見つけ出す訳じゃないだろうね。警察の仕事だし、健ちゃん一人じゃ無理だよ。俺たち警察に任せておけよ」

「犯人を見つけたい訳じゃないんだ。盗られたカバンの中の書類を探し出したいんだ」

「それは犯人を見つけ出すのと同じじゃないか。いやそれ以上に難しいんじゃないか」

「俺もそう思うけど、それが依頼された仕事なんだ。やってみるだけはやってみようと思っているんで、情報があったら教えてくれないか」

「俺たちの捜査情報で私立探偵さんを儲けさせる訳にはいかないが、差し障りの無い範囲で協力するようにする。河村には伝えておくようにする」

「ありがとう。頼むよ」

「今日は今から平寿司に行くのかい？俺はちょっと込み入った事があって行けそうもないんだ」

「分かった。また落ち着いたら一杯やろう」

空木は石山田の（ちょっと込み入った事）という言葉を、武蔵国分寺病院の一件だと受け取った。


その夜空木は、平寿司のカウンター席に座り、いつも通り鉄火巻きと烏賊刺しを注文し、ビールから芋焼酎の水割りへと飲み替えながら考えた（何から手を付けたら良いのか）。書類を探すと云っても、駅の周りを探し回って見つけられるような物の筈は無い。カバンでさえも届けられていないのに、書類の類が「落ちていました」と交番に届けられることは無いだろう。石山田の言う通りひったくった犯人を捜すより難しそうだ。

「空木さん、空木さん」と自分を呼ぶ女将の声に、空木はハッとして振り向いた。

「さっきから良子ちゃんが声を掛けているのに、何で無視しているの」

「あ、いや無視だなんてとんでもないですよ。考え事していて気がつかなかった。ごめんなさい」

空木はカウンター席の端に立っている、店員の坂井良子に謝り、頭を下げた。

「そんな謝るような事じゃないですから、気にしないで下さい。それより空木さん、さっきから何もお腹に入れずにずっとお酒ばっかり飲んでいるから、どうしたのかなって心配で声を掛けただけですけど、随分深刻な顔をしていましたね」

坂井良子は空木の席に一歩、二歩近寄って言った。

「頼まれた仕事をどう進めたら良いのか、賢くもない頭で悩んでいるんだ」

「そうなんですか。空木さんの仕事は、一から十まで全て自分一人で考えて進めなくちゃいけないから大変ですよね」

「そうなんだけど、だからこそ遣り甲斐と云うか、面白味があるんだけどね」

「そうなんですか。じゃあ頑張って下さいね」

坂井良子はそう言うと、空になっていたビール瓶を下げて行った。

(一から十まで考えて進める)と坂井良子が言った言葉を、空木は心の中で繰り返した。

じっとしていても何も始まらない。自分なりの仮説を立てて進めてみよう、と決めた。そしてまず犯人像を絞ってみる事から始める事にした。

犯人が金銭若しくはクレジットカードなどの金目の物が目当てだったとしたら、駅周辺でカバンの中を確かめて何も無いと分かれば、カバンごと捨てるのではないだろうか。いつまでもひったくった物を持って逃げるような事はしないのではないだろうか。未だにカバンも書類も発見されない、出てこないという事は、それは今も犯人が持っているという仮説も成り立つのではないか。その仮説でいけば犯人を捜し出すことが、書類を探し出す最善の方法ということになる。犯人は、片倉隆文によれば、白っぽいズボンに、白い半袖のTシャツ姿だったと聞かされたが、風貌も年恰好も何も分からない。駅の防犯カメラに写った犯人の姿を見てみたい。

空木の仮説で考えてみて疑問な事は、そうであるならば犯人は何故カバンを持ち続けているのかという事だ。考えられる事はカバンではなく中に入っている書類を見て利用できる（金になる）と考えているからなのではないだろうか。会社にデータを買い取らせるつもりなのか。だとしたら、会社に何らかの接触、アプローチがあっても良さそうだが、現時点ではその動きはなさそうだ。別の目的かも知れないが、その書類の入ったカバンをたまた盗ったのだろうか。もしデータが入っていると知って盗ったとしたら、あの日の夜、片倉隆文がそれを持って東京駅から電車に乗って帰宅する事を知っていたという事になる。それはつまり、片倉隆文の周囲、しかも社内の人間が盗った、若しくは関係しているという推理に行き着く。

この仮説は、現実的ではないかも知れないが、まずこの仮説を否定する為にもオーシャン製薬の片倉隆文の所属部署の人間から話を聞いてみる必要がある。（誰に会うのか）手立ての無い空木は、また考えなければならなかった。

空木は何杯目かの水割りを口に運び、鉄火巻きを一つ摘まんで口に入れた。

空木が誰に会うのか決めるのに、そう時間はかからなかった。それは片倉隆文の名刺を見た時に思い出したオーシャン製薬の片倉と同じ部署の部長だった。空木が思い浮かぶ人物は、その部長しかいなかったが、片倉の上司でもあり、また制吐剤の副作用の対応をしている人物であるという事は、最も会うべき人物ではないかと考えた。ただ一つ、問題なのはその部長と面会した時の空木は、医療コンサルタントとして面会していたという事だった。

# 3

七月十四日木曜日、空木は日本橋本町二丁目のオーシャン製薬本社ビル一階の面会室で、竜野を待っていた。

「お待たせして申し訳ありません」と言って空木を見た竜野は、怪訝な顔になった。

空木は自分を見る竜野の表情を見て、自ら初対面ではない事を伝えた。

「武蔵国分寺病院でお会いした時は、医療コンサルタントとしてお会いさせていただきました。実は本業は探偵です」と名刺を二枚取り出して竜野に渡した。一枚は医療コンサルタント、そしてもう一枚はスカイツリー万（よろず）相談探偵事務所所長の名刺だった。しかし空木は、それ以上の事、つまり探偵という身分を隠して（ＫＣＬ投与）の調査をしていたと話す訳にはいかなかった。

「医療コンサルタントというのは副業ですか」二枚の名刺を見比べて竜野は訊いた。

「ええ、まあそういう事になるんですが、今日は片倉さんが盗られてしまったデータの事でお聞きしたい事があって伺いました」

「片倉からの連絡で、盗られたデータを探すために探偵が会いに行くので会って欲しいと言われましたが、それがあなただったとは驚きました」

空木は、片倉の兄、康志の知り合いだった事がきっかけで、片倉がひったくられたというデータを、捜して欲しいという依頼を受けた事を説明した。

「そういうことですか。それにしても、片倉も責任を感じての事だと思いますが、あまり思い詰めなかったら良いのですが……。それでお聞きになりたい事というのは？」

「単刀直入にお伺いしますが、片倉さんがあの日あのデータを持ち帰る事を知っていた人は、誰だったのか教えていただきたいのです」

「え、知っている人間ですか……しかし、何故そんな事をお知りになりたいのですか」

空木は、立てた仮説、推理を説明した上で、「組織としては、考えたくない事でしょうから、私の仮説を否定する為にも協力して下さい」と頭を下げた。

「予め（あらかじ）知っていた人間が盗ったと言うんですか？もしそうだとしたら、何の為にそんな事をするんですか」

「分かりません。あくまでも私の仮説の上での話です。転寝（うたたね）して偶然ひったくられたのか、意図が何であれ目的を持って盗られたのか、を私としては調べたいと思っています。協力をお願いします」空木はまた頭を下げた。

「分かりました。私は片倉と同行して病院へ行くつもりでしたから知っていて当然ですが、私以外では知る限り、高梁本部長と桑田GMの二人です。しかし空木さん、本部長と桑田GMから他の人間に話していないとは限りませんよ。聞く必要があるのではありませんか。因みに私は、誰にも話していませんが」

「確かにそうですね。お二人にはお会い出来ませんか」

「予定が入っていなかったら会えると思いますが、連絡してみましょうか」

竜野は面会室の内線電話を手に取った。

「二人とも十分か十五分で下りて来られるそうです」

「ありがとうございます。ところで竜野さん、片倉さんは制吐剤のデータを持って武蔵国分寺病院へ行く予定だったと言われていましたが、やはり例の副作用の件ですか」

「はい、空木さんは私たち以上にご存知だと思いますのでお話ししますが、制吐剤のセロンが原因である可能性がどの程度なのか、担当の医師の意見をもう一度聞くために私と一緒に行く予定でした。その面会の話次第では、緊急安全情報は出さずに今後の情報収集に注力する方向になる筈でした。それがこの事件で、面会をキャンセルする事になったのですが、空木さんはセロンの副作用の可能性についてはどうお考えですか。これも何かの縁ですから参考までにお聞かせ願いませんか」

「……お一人が亡くなっていることですから、第三者の私が軽々に話す事は出来ません。ただ、言える事は担当医の水原先生は、制吐剤の副作用の可能性は非常に低いと感じていると思います。これ以上のお話しは出来ないのですが、この一、二週間位のうちに新たな判断材料が出て来るかも知れませんから、緊急安全情報に関しては、それから判断しても遅くはないのではないですか」

これが今、この場で空木が口に出して言える精一杯だった。間違っても（ＫＣＬ投与が原因です）と、口にする訳にはいかなかった。

「新たな材料ですか……」

竜野が呟いた時、面会室のドアがノックされ、二人の男性が入って来た。一人は医療情報本部長の高梁、あと一人は解析ＧＭの桑田だった。

名刺交換を済ませた空木は、竜野に説明した時と同様に、片倉が盗られたカバンに関しての自分の立てた仮説、推理を説明して協力を求めた。

「私は誰にも話していません」桑田が先ず答えた。

「私もここにいる二人以外には話してはいませんが、執行会議のメンバーは、データの事は知らなくても月曜日に病院を訪問する事は知っていた筈です。……それと、月曜日にデータの入ったカバンをひったくられたことを社長に報告した時、社長は事件の事を知っていたようでした。誰から聞いたのか、確認した訳ではないので推測ですがね」

「それなら、もしかしたら月曜日の朝、熊川本部長から私に病院への訪問は済んだのかという問い合わせの電話があったので、事件の事を話して面会がキャンセルになったと伝えましたから、熊川本部長が社長に伝えたのかも知れません」桑田だった。

「熊川本部長という方は？」空木が竜野を見て訊いた。

「営業本部の本部長で、今回のセロンの件では、緊急安全情報を出すべきだと主張している方ですが…」

「竜野部長、社外の方にそんな話は止めなさい」高梁は竜野を制した。

「すみません。空木さんは武蔵国分寺病院の医療コンサルタントの仕事もしていて、セロンの副作用の事も我々以上にご存知なので、つい話してしまいました」

「え、医療コンサルタント……」

高梁は驚いたように呟いて空木に顔を向けた。

「本業はお渡しした名刺の通り探偵業なのですが、武蔵国分寺病院では前職が万永製薬のMRだったこともあって、副業としての医療コンサルタントを請け負っています。そこでたまたま御社の薬の副作用ではないかという症例に遭遇した訳です」と空木はもう一つの医療コンサルタントの名刺を、高梁と桑田に改めて渡した。

それを見ていた竜野が「空木さんの参考意見ですが」と断って、セロンの副作用についての担当医の水原医師の考えを二人に伝えた。

「今後の情報収集に注力すべきだと私も思いますが、今のままでは営業本部の主張が通る事になりそうです。それに加えて、私と研究開発本部長は、データ管理の不備で始末書を社長に出さなくてはならないでしょう。研究開発本部長の仲野は大学の後輩で、今回の件では無理を言ってデータを出してもらっただけに申し訳ないところです。あいつは次期取締り役の候補なので、それに影響しなければいいのですが……。あ、これは空木さんにはお話しすべきことではなかったですね。聞かなかった事にして下さい」

「社内の事は私には全く分かりませんし、失礼ながら興味もありません。ただ、制吐剤のセロンの緊急安全情報に関しては、もう一度担当医の水原先生にお会いになって意見をお聞きされることをお勧めします」

空木は喉まで出かかっている（副作用ではない）という言葉を飲み込んだ。

そして高梁が時計に目をやるのを見た。

「皆さんに最後に伺いたいのですが、犯人が金銭目的ではなく、データを意図して奪ったとしたら、その事で得をするとか、ある事が有利になるような事があるのでしょうか」

「得をする人間がいるとは思えません」桑田が三人を代表するように間髪入れずに答えた。

「……」高梁と竜野は考え込むように黙った。


三人に礼を言って本社ビルの玄関を後にした空木に、「空木さん」と竜野が後を追って声を掛けた。

「面会室では話せなかったのですが、得をするという事ではないと思いますが、セロンの緊急安全情報を出すためには、病院に面会に行かせないという意味で有利になる筈です」

「それはそうかも知れませんが……。しかし、そうまでして緊急安全情報を出したいのですか。私のＭＲ経験では、緊急安全情報が薬の売上にマイナスになることはあってもプラスになることはありませんからね」

「その通りです。熊川本部長は旧大空（だいくう）製薬の主力品の一つのセロンを潰そうと思っているように感じるんです。熊川さんは旧恒洋薬品の方ですから、セロンの売上が減る事で相対的に旧恒洋薬品の薬の位置付けが高くなることを望んでいるように思えるんです。桑田ＧＭも旧恒洋薬品出身ですから、我々ほどセロンへの思い入れは無いように感じます」

「……それで面会室では言えなかったという訳ですか。分かりました、ご意見として頭に入れて置きます。わざわざありがとうございました」

空木は改めて竜野に礼を言い、ＪＲ神田駅に歩いた。

改札口を入った時、空木の携帯が鳴った。竜野からの電話で、あの後高梁からの指示で、明日武蔵国分寺病院の水原医師に急遽面会することになった。ついては空木に同行して欲しいという依頼の電話だった。

翌日金曜日の午後四時少し前、空木は一週間振りに武蔵国分寺病院に入った。

空木は昨夜のうちに水原に連絡を入れていた。その電話での水原の話では（ＫＣＬ投与の件）は未だ警察の捜査が続いているとの事だった。それは空木には腑に落ちなかったが、水原と話したかった事はその事ではなく、オーシャン製薬に（制吐剤の副作用）ではない事をそれとなく伝えるべきだと云う話を伝えたかった。

病院の玄関でオーシャン製薬の病院担当ＭＲの堀井と、昨日日本橋の本社で面会した竜野の二人と待ち合わせた。

堀井は空木を見て「あれ」と小さく声を上げた。

「片倉の病室でお会いしましたよね」

堀井の問い掛けに、空木は『スカイツリー万相談探偵事務所所長』の名刺を渡し、「本業は探偵です。堀井さんにお会いするのはこれで三度目ですね」と笑顔で挨拶した。

面会した水原は、制吐剤のセロンの緊急安全情報を出すべきか、社内で最終検討に入っているという竜野の説明を聞き終わって、空木の方に顔を向けた。

「コンサルタントとしてお世話になっている空木さんからも、話は聞いています。オーシャン製薬には随分迷惑な事になってしまいましたが、あの症例は制吐剤の副作用ではありません。原因が何だったのかは、今現在調べているところですから、お話しする事は出来ませんが、いずれ皆さんにお知らせする事が出来ると思います」

水原はそう言うと、また空木を見て（これで良いか）というように頷いて見せた。

# 4

翌日七月十六日土曜日は久し振りの晴天となり、気温も真夏日の予想となった。

空木は久し振りの山行に、大汗を覚悟で大菩薩嶺（だいぼさつれい）の南端に位置する、日本一長い山名と云われる牛奥ノ雁ヶ腹摺山（うしおくのがんがはらすりやま）に登ることにした。

登山口へのバスが出る甲斐大和（かいやまと）駅へは、国立駅からは高尾駅で中央本線に乗り換えておよそ一時間だ。早朝とは言え、土曜日のハイカーは多く、高尾駅で乗り換える乗客は、京王線で高尾山口へ向かうハイカーと、空木同様中央本線に乗り換えるハイカーが入り混じり、その数は、ホームから見えるだけでもざっと百人はいそうだった。

乗り換えの電車が入線して来るまでの間、手持無沙汰な空木は、スマホの山地図アプリを開いて見ていた。入線を知らせるホームのアナウンスにザックを持つと、その目線の先に見覚えのある男の顔が見えた。直ぐには思い出せない空木は、手にしていたスマホのカメラで、その男性を思わず撮った。

その男は、空木と同じ車両に乗車し、もう一人の男とともに四人掛けのボックス席に座り、ザックを荷物棚の上に載せた。空木は、少し離れたドア横の二人掛けのシートに座り、スマホで撮った男を見ながら（どこで会ったのか）と考えていた。

「……そうか、一昨日（おととい）オーシャン製薬の本社で会った男（ひと）だ」空木は独り言で呟いたが、その場では交換した名刺の名前は思い出せなかった。横に座った女性が、空木の独り言が聞こえたのか空木に顔を向けた。空木は、咳払いし腕を組んで目を瞑った。

電車は東京から神奈川県、そして山梨県に入り、大月駅で半分以上の乗客は下りた。富士急行線で河口湖方面へ行く客たちだ。

オーシャン製薬のその男は、空木が下りる甲斐大和駅の一つ手前の笹子駅で、もう一人の男と一緒に下りた。

甲斐大和駅で下りたハイカーは、空木が予想した以上に多かった。登山口へ向かうバスは、臨時バスを含めて三台が次々に満員のハイカーを詰め込んでバスターミナルを発車して行った。

終点の一つ手前のバス停で下りた空木は、目の前の登山口からシラビソやカラ松の樹林の中を登り始め、石丸峠、小金沢山を経て、歩き始めてからおよそ三時間で目的の牛奥ノ（うしおくの）雁ケ腹摺山（がんがはらすりやま）に着いた。標高１９９０メートルのこの山からの富士山の眺望は、秀麗富嶽十二景に数えられる程見事らしいが、今日はガスの中で眺望は全くのゼロだった。「我ながら、さすが雨男」と呟いて、昼飯を食べると空木は直ぐに下山にかかった。

国立駅に下りた空木は、平寿司の暖簾をくぐった。カウンター席に座っている先客は、空木とは北海道時代からの付き合いの小谷原幸男だった。

山帰りの空木は、大汗で失われた水分を一気に補充するかのように、ビールを何杯も立て続けに飲んだ。

三種盛りを食べながら、冷酒を飲んでいた小谷原が、そんな空木を見て呟くように小声で話し掛けた。

「空木さんは、上司への気遣いとかが無い世界で良いですね」

「小谷原さんたちと違って、給料も賞与も無い世界ですから、それ位は気楽にさせてもらわないとね。でも、小谷原さんが愚痴るとは珍しいじゃないですか。どうかしたんですか」

「うちの支店長が、役付きの執行役員になれなかったらしくて、機嫌が悪いんです。まるで腫れ物に触るみたいで疲れるんですよ。いい年した男が、小学生みたいに駄々をこねているようで、周りの人間には迷惑な話です」

「へー、執行役員になっても満足せずに、まだ出世したいということですか」

「出世したいのか、もっと給料が欲しいのか、ライバルが妬ましいのか分かりませんが、困ったものです」

空木はビールを口に運びながら、小谷原の言った言葉にふと考えた。（オーシャン製薬の執行役員たちの競争にあのデータが影響するのだろうか）と。

翌朝、空木は久々の太腿の筋肉痛に心地良さを感じながら、バッグから交換した名刺を取り出した。

昨日高尾駅から笹子駅まで、一緒の電車に乗り合わせた男の名前を桑田弘と確認した。その桑田の名刺の横に竜野、高梁の名刺を並べ、明日からの調査の方向を考えた。

片倉がデータを持ち帰る事を知っていた人間は、竜野、高梁、桑田の三人だった。竜野が帰り際に言っていた通り、武蔵国分寺病院にデータを持って行かせない事で、制吐剤セロンの緊急安全情報の発出を決定的にすることが出来る。その為にデータを奪い取るとしたら、三人のうち情報を漏らす動機があるのは桑田だろう。桑田が誰かに情報を漏らし、それを知った人間が、片倉からひったくった。しかもそのひったくり犯は、片倉が飲んだ後は東京駅から帰る事を知っていて、加えてあの日飲み会がある事を知っていた人間でなければ、あの日東京駅から片倉と同じ電車に乗る事は出来ない。もう一度竜野に面会し、桑田についての情報を得る事が次のステップに繋がるかも知れないと、空木は桑田の名刺を手に取った。

その夜、テレビのニュースから流れるキャスターの音声に、空木はテレビ画面に目を向けた。

（昨日から登山に行ったまま戻らず、家族から捜索願が出されていた調布市在住の木内範夫さん、三十九歳会社員は、今日捜索に入っていた捜索隊員によって発見されました。木内さんは、笹子駅から標高１６００メートルの本社ヶ丸（ほんじゃがまる）に単独で登り、頂上付近の下りの岩場で滑落した模様です）とキャスターは伝えた。

「昨日笹子駅から……。俺と一緒の電車に乗っていたんだろうか」空木はテレビに向かって呟いた。

海の記念日を含めた三連休が終わった火曜日の午前中、空木は再度日本橋のオーシャン製薬本社に竜野を訪ねた。

「忙しいところ、またお時間を取っていただいてすみません」

「いえ、それは一向に構いませんが、桑田GMについて聞きたいというのはどんな事でしょうか」

空木は、自分の立てた仮説に、先日の竜野の推測を重ねると、桑田が他の誰かに、片倉がデータを持ち帰る事を話しているのではないか、という疑いを持った事を伝え、桑田が話を漏らす可能性の有る人間に心当たりはないかと訊いた。

「桑田GMが情報を漏らす人間ですか……。それは彼が自ら漏らしたという事ですか」

「自らなのか、誰かに依頼されてなのかは別にして話しそうな人物、或いはそういう関係にあると推測される人間です」

「熊川本部長でしょうか。私の部とか、医療情報本部の中では話すような人間はいないと思います。それ以外では旧恒洋薬品の仲間でそういう関係の人間がいるかも知れませんが、私には分かりませんね」

「熊川本部長ですか。その方にならば教えろと言われたら桑田さんは言いますか」

「教えろと言われたら言うでしょうね」

「旧社の方で親しい方は分からないと……」

「……情報を漏らすほどの関係かどうかは分かりませんが、二階のフロアの東京支店の学術課の人間が山梨県の山で死んだとかで、明日か明後日の葬儀に行くと言っていました。葬儀に行くから親しいとは限りませんが、私の知り得る範囲ではその位です。とは言っても亡くなった人では確認も出来ませんね」

「山梨の山で亡くなった？それは何時の話ですか」

「先週の土曜日に登りに行って、日曜日に見つかったとテレビのニュースで流れていたそうです。東京支店は、このビルの二階なんですが、今日の朝はバタバタしていたんじゃないでしょうか」

　空木はテレビのニュースで見た事を思い出した。（あの男性というのはオーシャン製薬の社員だったのか）と驚いた。そしてそれと同時に、空木の脳裏にある一つの疑問が浮かんだ。それは、その男性が山に出かけたという土曜日の朝、高尾駅、笹子駅で空木が見た男性が桑田だとしたら、一緒にいた男性は、もしかしたら亡くなった男性だったのではないだろうか。

「その亡くなられた方は、一人で山に行ったんですか、それともどなたかと一緒だったのかご存知ですか」

「それは私には分かりませんが、ニュースでは一人だったように言っていたそうですよ。

でも空木さん、それがどうかしたんですか」

「ちょっと気になる事がありまして……。竜野さんこの写真に写っている男（ひと）を見ていただけますか」

　空木はそう言って、先週の土曜日に高尾駅のホームで撮った、ザックを背負った男の写真をスマホの画面に出した。

「これは、桑田さんではないかと思うのですが、いかがですか？」

　竜野は渡されたスマホを手に取って画面を凝視した。そして「桑田ですね」と呟くように言った。

「桑田は大学時代山岳部に所属していたそうで、今も山登りに行くと言っていましたから間違いなく桑田ですね」

「やはりそうですか。写っている桑田さんの周りに、竜野さんがご存知の方はいらっしゃいませんか」

「……いませんね」竜野はスマホから目を離さずに言った。

「そうですか、ありがとうございました。私はこの後、午後に片倉さんにお会いしに行こうと思いますが、片倉さんから何か連絡はありませんか」

「私は昨日見舞いに行きましたが、特に片倉から話はありませんでした。彼の怪我も順調に回復しているようで、今週末には退院するそうですよ」

空木は、竜野に礼を言ってオーシャン製薬を後にした。

空木は、片倉の見舞いに向かう電車の中で改めて考えた。

熊川は営業のトップとして、武蔵国分寺病院で発生したセロンの副作用のことは、既に耳に入っていた筈だ。そしてセロンの緊急安全情報を出すべきと主張し、それを押し通す為に、武蔵国分寺病院にデータを持って説明に行くことを阻止させようとしたとしても、熊川自身がひったくりをするとはとても考えられない。誰かにやらせる筈だ。考えられる事は。桑田が、片倉がデータを持って病院に行くことを熊川に伝え、熊川が桑田に病院に行かせない方法、つまり奪い取る事を指示したのではないか。しかし、それにしても上司の桑田が直接片倉からひったくるとは考えられない。やはり誰かにやらせる筈だ。桑田が、片倉が飲んだら東京駅から電車に乗る事を知っていれば、桑田から指示を受けた実行犯は、片倉の後をつけて隙を見てデータの入ったカバンをひったくる事は可能だし、電車内で転寝(うたたね)でもしてくれたら途中駅でも容易に奪い取ることが出来るだろう。

（まてよ）ふと、空木はバッグから手帳を取り出してページを捲った。片倉が納涼会で飲んだアルコールの順番が気になったのだ。手帳にはビールから始まり、冷酒そして最後にまたビールで締めたと書かれていた。もしも、この最後のビールに眠剤が混入されていたとしたら、それを知らずに飲んだ片倉は間違いなく眠ってしまうだろう。まさかの乗り越しの原因はそれではないだろうか。それにしても桑田の指示を受けてひったくりという罪を犯す人間がいるのだろうか。

そしてその桑田に、空木にとって新たな疑問が生まれた。

オーシャン製薬の東京支店の学術課の人間が山で亡くなった件で、テレビのニュースでは、確か笹子駅で下車したと言っていたが、桑田も間違いなく笹子駅で下車していた。同じ会社の人間が、同じ電車同じ車両で移動して同じ駅で下車したという事は、常識では同じ山に登ったと考えるのが普通だが、テレビでは単独だったと言っている。どういう事なのか。

この件は、空木にとっては、依頼された仕事とは何の関係も無いが、偶然とは言え高尾駅で桑田を見てしまい、笹子駅で下車したことも知っている空木としては、見なかったことにしておくことは許されなかった。

空木は、スマホのネットニュースでもう一度、事故の確認をした。

死亡したのは、木内範夫(きうちのりお)三十九歳。発見された場所は、標高1630メートルの本社ヶ丸(ほんじゃがまる)と1593メートルの清八山(せいはちやま)の間の岩場での滑落死とあった。家族から土曜日の夜、家に帰らないという届出から、スマホのGPS機能を使って発見されたとも書かれていた。最寄りの管轄警察署は大月中央署だった。

多摩急性期医療センターの、片倉隆文の病室に空木が入室すると、今日も堀井が見舞いに来ていた。

堀井が立ちあがって退室しようとすると、空木が引き留めた。

「ちょうど良かったです。堀井さんにも見ていただきたい物がありますので、ここに居てくれますか。一緒に話を聞いていただいても構いませんから」

空木は、午前中に竜野に面会し、桑田に関して尋ねた事を説明した。

「片倉さんに今日、お聞きしたい事は、やはり桑田さんの事なのですが、片倉さんがあの日データを自宅に持ち帰る事を桑田さんは誰かに話していないか?という事なのですが、思い当たるような事はありませんか」

「……ありませんが、それはもしかしてひったくりの犯人は、私が持っていたデータを狙って盗ったたということですか」

「そう断言出来る訳ではありませんが、あくまでも私の勝手な想像で、そういう可能性も考えてみたらどうか、という事です。もう一つ伺いたいのですが、片倉さんが飲んだ時には東京駅からの始発電車に乗って帰る事を知っている方がいるか、という事なんですが、どうですか」

「私の所属している解析グループの人たちは、皆知っていると思います」

「じゃあ桑田さんも知っているという事なんですね」

「ええ、解析グループのＧＭですし、飲んだ後、何度も東京駅まで一緒に帰りましたから。それがどうかしたんですか」

「いえ、特別何があるという訳ではありません。これも私の勝手な想像の一つですから気にしないで下さい。あと一つ聞かせて下さい。納涼会の最後にビールで締めたと言われていましたけど、細かい事なんですが、手酌ですか、それとも誰かに注がれたのか、記憶はありますか」

「………桑田ＧＭが注いでくれました。空木さんが何を知りたいのか全く想像つきませんが、やっぱりこれも想像の一つの話ですか」

「その通りです。気にしないで下さい」

　空木は手帳にメモを取り、片倉を見て笑った。

「片倉さんにお聞きしたかった事はこれで終わりです。次にお二人に見て欲しい写真があるんです」

　空木はスマホを取り出し、先週の土曜日の朝、高尾駅で撮った登山姿の桑田が写った写真を片倉に見せた。

「この写真は竜野さんにも見ていただきましたが、桑田さんだと言われました。間違いなく桑田さんですか」

　渡されたスマホの画面に、片倉は目を凝らした。

「……桑田ＧＭですね。大学時代山岳部だったらしいですから、山に行ったんですね。空木さん桑田をご存知なんですか」

「ええ、一度本社でお会いしたんですが、似た方だなと思って撮っただけですが……」空木はあやふやに答えた。

　片倉はスマホを堀井にも見せた。

「俺は、その桑田ＧＭという人を知らないから見ても分からないよ」

「堀井さんには、桑田さんの後ろに写っている人を見て欲しいんです。見覚えはありませんか」

「見覚えですか……」

堀井は、渡されたスマホの写真に片倉と同様に目を凝らした。

「この方は先日亡くなった木内範夫さんではありませんか」

「亡くなった木内さんって、うちの支店の学術の木内さんですか、……そう言われれば、木内さんによく似ていますね。木内さんも昔は山岳部で鳴らしたみたいですからね。でも木内さんは一人で行った筈ですよ」

そう言った堀井は、スマホの写真から目を離さなかった。

「この後、桑田さんとは別々の行動を取ったのだと思います。これが木内さんの生前最後の写真だとしたら、ご家族に渡して上げるべきなのか考えようかと思っているんですが、片倉さんは木内さんをご存知ですか」

「いえ、知りません。東京支店の方なんですね。亡くなったのも初めて知りました」

二人に礼を言い、別れを告げた空木は、病院を出て呟いた（やはり木内さんと一緒だったのか)。そしてまた考えた。

桑田と木内は偶然あの日出会ったのだろうか。あの後、二人は笹子駅までは間違いなく一緒だった筈だが、笹子駅から別行動という事も考えられない事はない。駅の南へ向かえば、木内が滑落した本社ヶ丸へ、西へ向かえば笹子雁ヶ腹摺山へ、北東に向かえば滝子山と、いずれも秀麗富嶽十二景に上げられる山々に登る事が出来る。しかし、そんな事をするだろうか。それは空木には考えられない事だった。(確かめてみたい)空木の疑念が膨らんだ。そして、もう一つ空木が調べたい事が出てきた。それは桑田と木内の関係だった。二人は旧恒洋薬品出身という繋がりだけなのだろうかと。

事務所兼自宅に戻った空木は、竜野、堀井それぞれに連絡を取り、竜野には桑田の、堀井には木内の、それぞれが知り得る範囲の履歴について情報を聞いた。

桑田弘は四十一歳、北海道釧路市出身、北日本薬科大学を卒業後、恒洋薬品入社、研究開発から現職だった。

木内範夫は三十九歳、北海道北見市出身で北日本薬科大学卒業後、恒洋薬品入社、研究開発から現職だった。

（繋がったかも知れない）と空木の体に電気のような感覚が走った。

同じ北海道出身、同じ大学で山岳部、入社後も同じ職場だ。しかも年齢的に二歳違いで山岳部ということは、桑田は木内にとって絶対的命令権者であり、もし恒洋薬品入社の際に人事面で木内を助けていたりしたら、木内にとっての桑田の存在は、神様のような存在ではないだろうか。

空木は自分の立てた仮説が、現実味を帯びた推理になって来たと感じた。

営業トップの熊川が、どんな関与をしているのかは分からないが、桑田は木内に何らかの理由をつけて、片倉からカバンを盗るように指示をした（もしかしたらデータが入っていることは知らせなかったかも知れない）。指示された木内は、納涼会の終わった後、東京駅から帰路に着くという片倉の行動を知っている桑田の指示通り、東京駅構内で待った。片倉は木内の存在を知らないが、事前に片倉の顔を確認していた筈の木内は、片倉と同じ車両に乗車した。しかも片倉が転寝に入る事を予想して席は横に座ったかも知れない。片倉が寝過ごすほど飲んだつもりは無いと話していることからの推測は、桑田が片倉に注いだ最後のビールには、何か細工がされていたかも知れない。それは数十分後に転寝する程度の眠剤が入れられたビールだったのではないだろうか。悪意の酌（しゃく）を受けた片倉は、寝過ごすほどに眠ってしまい、簡単にデータの入ったカバンを盗られてしまった。これが空木の推理だったが、この推理に加えて桑田への黒い大きな疑惑が生じていた。それは、実行犯の木内を、桑田は山岳事故に見せかけて殺害したのではないかという恐ろしい疑惑だ。

ただ空木の推理には、ひったくりの指示についても、木内殺害の疑惑についても何の証拠も無い。あくまでも空木の推理であって、この推理を警察に話したところで警察が動くとは思えない。どうすれば動くのか。木内が生きていれば証言を引き出すことも可能だったかも知れないが、死人に口無し（それが桑田の狙いだった）。しかし、木内がひったくり犯である事が証明されれば、警察も桑田に目を向けるのではないだろうか。木内はデータの入ったカバンを自宅に持ち帰った筈だ。そしてそのデータを取り戻すことこそが、空木が片倉から依頼された仕事だ。

空木は、国分寺警察署の刑事課係長の石山田に電話を入れた。

# 5

「巌ちゃん、河村刑事が担当している国立駅でのひったくり事件は、犯人の目星は付いたのかな」

「河村から健ちゃんに連絡がいかないいんだから目星は付いていないってことだよ。健ちゃんこそ何か情報があるなら教えてくれよ。俺は別件で手が離せないから動けないけどね」

「被害者の勤務する会社を調べてみたら怪しい人物が浮かんできたんだ」

「ほー、それは河村に教えてやって欲しいけど、そいつは誰なんだ」

「被害者と同じ会社の人間で、木内範夫という男なんだが、先週の土曜日に山で滑落して死んでしまったんだ」

「何、死んだのか」

「ああ、死んだ。それでその男がひったくりの犯人だったら、自宅にカバンが残っているかも知れないと思うんだけど、国立駅の防犯カメラに写っている男と、俺の撮った木内範夫の写真を鑑定してくれないか」

「写真があるのかい。それでその木内とかいう男がひったくり犯なら、家宅捜索してカバンの中の書類を取り戻そうという訳か」

「そういう事なんだけど、ダメかい」

「事件が解決するならそれに越したことはないよ。取り敢えず明日にでも署に来てくれよ。……実は俺からも健ちゃんに話しておきたい事が出てきたんだ」


翌日、国分寺署の小会議室で、空木は河村刑事と面会した。

「空木さんお久し振りです。以前、係長と三人で、平寿司でご一緒させていただいて以来ですね。係長から話は聞いています」

「河村さんが担当している事は巌ちゃんから聞いていました。河村さんで良かったですよ」

「早速ですが、その木内という男の写真を見せていただけますか」

「この男ですが、鑑定していただけませんか」

河村は空木から渡されたスマホを、用意したパソコンに繋いだ。

「警察庁の科学警察研究所に送信して至急画像鑑定してもらいます。さほど時間はかからずに、人物異同識別出来ると思います。ところで、空木さんはこの男にどうやって辿り着いたのか、話していただけませんか」

空木は、全く手掛かりが無い中で、カバンの中に入っていた書類がデータだと知って犯行に及んだのではないか、という仮説を立てた事から説明し、関係者の話から被害者の上司である桑田という人物への疑念が生じた事、更には桑田と木内の過去からの繋がりも分かった事で、木内がひったくりの容疑者ではないかと推理したと説明した。

「こう言っては失礼ですが、出たとこ勝負が当たったということですか。組織で動く我々警察では、ヤマを張って動く事は出来ないので、探偵の空木さんじゃなかったらここまで出来ないでしょう」

「とは言え、まだ木内が犯人とは決まった訳ではないですから……」

「そうですね。肉眼で見る限り良く似ていますが、写真の鑑定待ちですね。ところでこの写真はどこで撮ったのですか」

河村の質問に、空木は（待ってました）とばかりに説明した。

「先週の土曜日、高尾駅で偶然に登山姿の桑田を見かけ、その時に撮った写真に木内も一緒に写り込んだ写真なんですが、木内はその日に、笹子駅から単独で登った山で、滑落して亡くなったんです」

「え、二人は同じ会社の先輩後輩ですよね。それなのに、木内は単独だったんですか」

「テレビのニュースではそう言っていました。でも私も不思議だと思うのは、二人は笹子駅で一緒に下りているんですよ」

空木は首を傾げながら、河村の反応を確かめるように見ながら、続けた。

「木内が生きていれば、単なるひったくりだったのか、誰かに頼まれたのかも分かったかも知れなかったんですが、残念です」

「……空木さん、それは桑田が口封じに木内を殺害したかも知れないって事を言いたいんですか」

「本当に事故だったかも知れません。分かりませんが……」

「所轄はその情報は掴んでいるんですか」

「私には分かりません」

「私は、個人的にはその情報は、所轄に伝えるだけ伝えた方が良いと思いますが……。係長に話してみましょう。画像鑑定の結果が出るまでにはもう少し時間が掛かりますから、一緒に係長の所に行きましょう」

「巌ちゃんはいるんですか？」

「ええ、係長の担当の事件で検察官と打合せをしている筈ですが、もう終わった頃だと思います」

河村に促され、空木は会議室を出た。

石山田は、刑事課室で課長の浦島と話していた。

河村は二人に近付き、石山田の横で二人に何かを伝えたようだった。

石山田は振り返って空木を見ると、こっちへ来いというように手を上げて呼んだ。空木は課長の浦島のデスクの横の小さなテーブルの丸椅子に座った。

「課長にも一緒に話を聞いて貰った方が、話が早そうだからここで話してくれよ」

向かい側に座った石山田に促された空木は、木内範夫が滑落死した日に、高尾駅で撮った写真を見せながら、その木内と桑田が一緒に居た事、そして笹子駅でも一緒に下車した事を話した。

「木内がひったくりの犯人だとしたら、桑田からも事情を聞く必要があると思いますが、木内の死亡に桑田は関わっていないんでしょうか、係長。所轄に情報提供しておいたらどうでしょう」

河村の話を受けた石山田は、課長の浦島に顔を向け「連絡しますよ、課長」と言った。

浦島は「それが良いだろう」と頷いた。

「所轄はどこだ、河村」

「大月中央署だよ、巌ちゃん。いや石山田刑事だった」空木は思わず浦島の顔を見た。浦島は笑っていた。

「健ちゃん、そこまで調べていたのか。大月に連絡するから暫く待っていてくれ。それとは別に話しておきたい事もあるんだ」


小会議室に戻った空木に、暫くして河村が入って来た。

「大月中央署が笹子駅の防犯カメラで確認をしてみるので、空木さんの撮った高尾駅の桑田の写真を送信して欲しいと言っています。私のこのパソコンから、さっきの写真を送りますが良いですね」

「ええ、勿論です」

事故扱いで処理されようとしていた木内の滑落死が、これで調査の対象となって新たな事実が見えて来る事を空木は期待した。

作業を終えた河村は一旦刑事室に戻ったが、五分も経たないうちに会議室のドアを開けた。

「鑑定で合致しました」と嬉しそうに空木に顔を向けた。

「一歩前進ですね」と嬉しそうにしている河村に、空木が静かに言うと、河村は「一歩どころか、これで強盗致傷事件は解決したのも同然です」と真顔になった。

「盗ったカバン、書類が入ったカバンが出てこない限り真の解決とは言えないんじゃないですか」

空木は、自分の仕事は（データを取り戻す事なんだ）とは言わなかった。

「それはそうですが、それを捜すのは犯人の木内が死亡している以上、不可能かも知れません。被疑者死亡のまま書類送検する事になると思いますよ」

「河村さん、私は、木内は金目当てではない事から、書類の入ったカバンは必ず自宅に持ち帰っていると思っています。木内の自宅にあります」

「空木さんは必ずあると言い切りますか。……家宅捜索ですか。ちょっと待っていて下さい。係長に相談してきます」

河村は会議室を出て行った。

暫くすると、河村は石山田とともに小会議室に戻って来た。

「空木さん、捜索の許可は出ましたが、木内家は今夜が通夜で明日は告別式だそうです」

河村だった。

「直ぐには難しいということですね」

「家人が居ない事には……。明後日ですね」

「葬儀では仕方ないでしょう。ところで、葬儀には桑田も参列すると言っていましたよ」

空木と向い合せに座った石山田は、腕組みをして二人の話を聞きながら、何か考え事をしているようだった。

「……俺には疑問な事があるんだけど、健ちゃんの推理通りだとしたら、桑田という男にとっては、木内の存在と同じ位その書類とやらは邪魔な存在の筈だよ。唯一の物証だからね。それなのに何故木内が未だに持っていると言えるんだ？」

「………」

石山田の言葉に空木は（その通りだ）と思った。桑田は木内が盗ったデータを自分の手元に持つか、処分するつもりだった筈だ。そんな事は、木内に対して絶対的な立場にいる桑田なら容易に出来た筈だ。もし、木内が既にデータを桑田に渡していたとしたら、家宅捜索に入ってもデータは出てこないが……。もし、まだ手元に持っていなかったら、早く処分したいと考えるのではないか。しかし、木内を滑落死させたのが桑田だとしたら、何故桑田は木内を殺害しなければならなかったのか。殺害の動機が口封じだとしたら、桑田に絶対服従している木内を殺害する必要があったのは何故か。もしかしたら、木内はカバンの中身を見て、そして片倉隆文が入院した事を知って、何かを思ったのではないか。例えば、大変な罪を犯したことに気付いた木内が、自首することを考えたとしたら、桑田にデータを渡すことを拒否したのではないだろうか。

データの引き渡しの要求を拒否された桑田は、木内に自首されれば盗むことを指示した自分の事も話すだろうと考える筈。それは、オーシャン製薬内の旧恒洋薬品出身者たち、中でも営業トップの熊川に迷惑が掛かり兼ねない、とでも考えたかも知れない。

「巌ちゃんの言う通りだね。俺の推測通りだとしたら、桑田は既に書類を処分しているかも知れない。でももし、まだ手元に無いとしたら、桑田は木内の自宅に書類がある事を知っている。木内の奥さんにコンタクトを取っているか、取ろうとしているのだと思う。逆を言えば、コンタクトを取っていれば、桑田の指示で木内はひったくりをしたという証になるんじゃないか」

「教唆犯（きょうさはん）の容疑で聴取する事になるな」石山田は腕組みをしたままだった。

「明日の葬儀に桑田は参列する筈だから、そこで大月中央署の刑事が聞き取りをしたら、桑田がどんな反応をするのか確かめられる。その後から、家宅捜索の実行日を決めたらどうだろう」

「自分の身に警察の目が向き始めた事を意識させるって訳か。大月中央署も桑田には一度は話を聞くつもりだろうから、連絡してみる事にするか」

「家宅捜索の際には、俺も同行させてくれないか。書類がデータなのかどうかをその場で知りたいんだ」

「分かった。連絡する。相互協力という事でいこう。ところで健ちゃん、武蔵国分寺病院で空木健介の名前が出てきたよ。近いうちに話を聞かせてもらうかも知れないよ。その時は協力頼むよ」

「俺の名前が出たのか。分かった、いつでも協力するから連絡してくれ」

空木には、石山田が（ＫＣＬ投与事件）で梃子摺(てこず)っている理由には見当はつかなかった。それよりも今は、自分の目の前にある、桑田への疑惑を明らかにする事の方が重大関心事だった。

木内範夫の告別式は、七月二十一日木曜日、午前十一時に調布市布田(ちょうふしふだ)の斎場で行われた。斎場の玄関ロビーの隅で、空木は河村刑事と共に、桑田が入って来るのを待った。十時半を回った頃、桑田が現れた。

空木が「桑田ですよ」と河村に伝えると、河村は二階の受付付近に居る二人の刑事に合図を送った。二人は大月中央署の刑事だった。刑事は桑田に警察証を見せ、斎場の外に連れ出して聞き取りをした。

暫くして桑田が、再び入場して来た。その表情は硬かった。桑田の後を追う様に河村が二階に上がった。礼服の参列者の中、半袖の白いシャツ姿の河村は目立ったが、河村は気にする風もなく、会場の入口で桑田を目で追った。

桑田は席に着くと、手荷物のバッグを置いて、喪主と思われる木内の妻に歩み寄り、お悔やみの挨拶と共に何事かを話して席に戻った。

玄関ロビーに下りて来た河村は、空木に近寄り「桑田が喪主の妻に接触しましたよ。何の話なのかは分かりませんが、挨拶だけでは無いですね。何かを聞いている様子でした。奥さんに何の話だったのか訊きたいですね」

「火葬から戻って来るまで待ちますか。もしかしたら桑田も奥さんが戻って来るのを待つかも知れませんしね」

空木は桑田の強張った顔つきを見た時から、桑田は必ず動くと確信した。

空木と河村は、斎場の外で待っている大月中央署の二人の刑事の所に歩いた。

「桑田はどうでしたか」河村が二人のどちらともなく訊いた。

「かなり慌てていました。笹子駅までは一緒だったことは認めましたが、木内さんの登った山とは違う山に登ったと言うんです。そんな事がありますか」刑事の一人が河村を見た。

空木は「想定内」と呟いた。

「木内さんは、スマホのＧＰＳで発見されたんですよね」

「そうです」

「そのスマホに山地図のアプリがインストールされていませんでしたか？」

「さあ、分かりませんが、そのアプリがどうかしたんですか」

「そのアプリは、登山をする人達ではかなりの人がインストールしていて、登山記録と共にアプリを使っている人同士がすれ違ったり、出会ったりすると記録に残るようになっているので、木内さんがインストールしていて誰かと出会っていたら、その人を探せば、単独だったのか二人一緒だったのか、見ているかも知れないと思ったんです」

「なるほど、そうなれば桑田の話は嘘ということになる訳ですね」

「そういう事になるんですが……」

「しかし、スマホは木内さんの遺留品として、遺族に返してしまいましたから確認は直ぐには出来ないんです」

「河村さん、やっぱり奥さんが戻って来るのを待つしかないですね」

空木の言葉に、河村も「そうですね」と頷いた。

斎場から棺が霊柩車に乗せられ、マイクロバスに親族、知人が乗り込んだ。

「空木さん、桑田も乗りましたよ。骨を拾うつもりなんでしょうか。本当に奴が殺したんですかね」

河村が空木の横でボソボソと話し掛けた。

「………」

空木も桑田の行動に言葉が無かった。やはり事故だったのか、と思わせるような桑田の行動だったが、もしかしたら大月中央署の刑事の目を意識しての行動ではないかと空木は想像した。だとすると、この桑田という男は相当したたかな男だと恐ろしくもなった。

一旦斎場を離れた四人は、近くのファミリーレストランで戻って来るのを待った。棺が斎場を出て三時間近く経った午後三時過ぎ、四人は斎場の駐車場に移動して木内の妻を待った。

「あの女性だ」河村がそう言って、車から降りようとした時、空木が「河村さんちょっと待って」と止めた。

木内の妻の後ろから桑田が歩いて来ていた。すると桑田は、木内の妻と子供二人と共に車に乗り込んだ。

「河村さん、桑田は今から木内の家に行って書類を受け取るつもりじゃないでしょうか」

空木は木内の妻たちが乗った車から目を離さなかった。

「駅まで送るだけという事も考えられますが、後を追いかけてみましょう」

車は駅には停まらず、十五分程走って、あるマンションの駐車場に入った。

「河村さん、木内のマンションでしょう。桑田は間違いなく書類を取りに来たんです。出て来たところで、河村さんから事情を聴取すれば、桑田も言い逃れは出来ない筈です」

「そのまま任意同行です」

河村は空木に顔を向けることなく、マンションに入って行く桑田を睨みつけていた。

桑田が木内家族の住むマンションに入ってから、出て来るまでの時間は十分余りだったが、空木にとってはその何倍もの時間に感じられた。

マンションのエントランスから出て来た桑田の手には、黒い書類カバンがあった。玄関横で待ち構えていた河村が、警察証を桑田に示した。

「桑田さんですね。七月八日金曜日、国立駅で発生した強盗致傷事件を担当している国分寺警察署の河村です。理由はお判りだと思いますが、お持ちになっているそのカバンの中身を調べさせてくれませんか」

「……………」

桑田は、突然の河村の出現とカバンを指摘された為か言葉を失った。

「見せていただけませんか」

河村は念を押す様に、もう一度桑田に聞いた。

「ええ、あ、どうぞ」と桑田はカバンを河村に渡した。

河村はカバンを開け、中から大きめの茶色の封筒を取り出した。

「このカバンと封筒は、被害者の片倉隆文さんが持っていた物ではありませんか」

「……これは、私が木内という会社の後輩に預けておいた書類ですが、一体何の事なのか全く分かりません」

「なるほど、片倉さんに見てもらってもいいんですよ。今から病院へ行きましょうか」

「……」

桑田は黙り込んだ。

「桑田さん、空木です」

「……」

河村の後ろから突然現れた空木を見た桑田は、目を見開いて絶句した。

「その封筒の中身は、セロンの申請データのコピーですよね。桑田さん、あなたはデータの事は誰にも話していないと仰っていましたよね。もう全てを話した方が良いですよ。あなたが、木内さんにこのデータが入ったカバンを片倉さんから奪うように指示した事。そしてその木内さんと二人で、笹子駅から本社ヶ丸(ほんじゃがまる)に登ったことも」

空木は、バッグから一枚の写真を桑田に見せた。

「……」

桑田は、ただぼんやりと空木を眺めているようだった。それは、何故探偵ごときのお前がここに居るのか、何故事実を知っているのかという表情にも感じられた。我に返った桑田は、差し出された写真を見た。

「どこでこれを……」と呟くように聞いた。

「木内さんが滑落死した土曜日の早朝、高尾駅のホームで撮りました。あなたを撮ったつもりだったのですが、偶然木内さんも写り込んでいました。木内さんとは別行動だったと話されているそうですが、登山を趣味にしているあなたならご存知だと思いますが、もし木内さんが山地図アプリをインストールしていて、同じようにインストールしているハイカーと出会っていたら、そのハイカーは二人が別行動だったのか一緒だったのか見ているでしょうね」

空木は、自分自身もそのアプリをインストールしていることから、木内がインストールしている確率も高いと踏んでいたが、他のハイカーに出会う確率は50％も無いだろうと思っていた。しかし、今この場で桑田を不安にさせる事が必要と考え、はったりをかけた。

空木の狙いが当たったのか、その顔色は変わり、頬が強張った。

「桑田さん、まずは国分寺署で話を聞かせていただきます。その後、大月中央署でも聴取されることになるでしょうから、そのつもりでいて下さい」

河村はそう言うと、後にいる二人の刑事に顔を向け「そういう事で宜しくお願いします」と頭を下げた。

木内範夫のスマホを参考品として入手するためにマンションに入った大月中央署の刑事二人を残して、河村と空木は桑田を伴って国分寺署に向かった。

車内でカバンの中のデータを確認しようと、封筒を開けた空木は、一通の白い封筒を見つけた。その封筒には、「片倉様」と表書きがされていた。

助手席に座った空木は、河村にその封筒を見せた。

「何でしょう。開けてみてくれませんか」

「私が開けて良いんですか」

「ええ、読んでみてもらっても良いですよ」

空木は、手紙を取り出して読んだ。

その手紙には、木内自身が自筆で書いたと思われる、片倉隆文への詫びの手紙だった。

空木は（木内は自首するつもりだったのだ）と直感した。さらに手紙には、桑田からデータだとは知らされずに、片倉は必ず電車内で寝るから「片倉の気の弛みを戒めるため、旧大空製薬の社員に緊張感を持たせるためにカバンを奪え」と指示されたと書かれ、桑田が教唆犯である事が明らかにされていた。

国分寺署での聴取を受けた桑田は、木内のマンションにあった書類カバンが片倉隆文の物で、中のデータがセロンの承認申請で使われたデータのコピーであることが明らかになり、加えて木内の自筆の片倉隆文宛の手紙を示されると、木内にカバンを盗むよう教唆したことを認めた。というより、空木の証言もあって認めざるを得なかった。

しかし桑田は、その動機については、誰からの指示でもなく自分自身でセロンの緊急安全情報を出す為に考えた事だと供述した。

河村から、事情聴取での桑田の話を聞かされた空木は、(営業本部長の熊川も教唆犯だ)と言いたかったが、止めた。

桑田は国分寺署から大月中央署に任意の事情聴取のため移された。

木内範夫のスマホには、空木の予想通り山地図アプリがインストールされていた。そして見事偶然にも行き会ったハイカーが一人だけその記録に残されていた。桑田はその事を告げられると、警察が行き会ったハイカーを突き止めるまでもなく、木内と一緒に笹子駅から本社ヶ丸に登ったことを認めた。

しかし、木内の滑落は事故だったと言い続けた。何故直ぐに救助要請せず、更に別の山に登ったと嘘を言ったのかを問い詰められると、面倒な事に巻き込まれたくなかったと言い訳した。山では平地以上に救助義務が人道上求められるのではないか、と問われると黙り込んだ。

桑田が木内を滑落させたという証拠は何一つない事から、結局木内の滑落死は事故扱いから変わる事は無かった。変わった事は、木内は単独山行ではなく、「桑田弘と同行中に誤って滑落」と報告書に修正記載された事だけだった。

空木はその一連の話を河村から伝えられた。

聞いた瞬間、空木は（証拠が無い）か、とため息を吐いた。被害者が生存しているか、目撃者でもいない限り人気のない山で証拠があろう筈がない。救助要請しなかった事、別の山に登っていたと虚偽の証言をした事が、何よりの証拠だろうと言いたかった。

山に一緒に登った仲間が、滑落して助けを呼ばない人間がいる筈がない。桑田は、木内を滑落させた上で、何らかの方法で死亡を確認したか、死亡を確信した。救助要請すれば何の疑問も持たれなかったのに、桑田は木内と一緒に登っていないことにする事で、自分を蚊帳の外に置こうとした。それが偶然にも、高尾駅で自分に見られていた事で、思惑が狂ったのだろう。それにしても木内範夫の骨を拾うまでの行為をする桑田という男は、人間とは思えない。何がそこまでさせるのだろう。

オーシャン製薬は教唆犯となった桑田を懲戒処分するだろう。片倉隆文は会社を辞めずに済むだろう。しかし合併会社のオーシャン製薬には、根の深い問題が残る事になると空木が考えていた時、スマホが鳴った。片倉隆文の兄、康志からだった。

「空木さん、ありがとうございました」

その声に空木の気持ちは、一瞬だけ夏空のように晴れた。

# 白獣（はくじゅう）

# 1

七月二十三日土曜日の空は、雲が広がり夏らしい青空ではなかったが、暑さと湿気はそれらしかった。

薄暮の午後七時を過ぎても気温は三十度を下回ることはなく、空木健介はハケと呼ばれる国分寺崖線に沿った道を、待ち合わせ場所の平寿司へ向かって歩いていた。

「いらっしゃいませ」の女将と、店員の坂井良子の声に迎えられて店内に入ると、カウンター席の端に待ち合わせ相手の短髪男が座り、ビールを飲んでいた。

「よう健ちゃん、先に飲ませてもらっていたよ」

空木が待ち合わせた男は、高校の同級生で国分寺警察署の刑事課係長の石山田巌（いしやまだいわお）だった。

武蔵国分寺病院のある事件の事で聞きたい事があると、連絡を受けた空木は、（ＫＣＬ投与の件）だと直感したものの、話の内容の想像はつかなかった。

「武蔵国分寺病院の事件というのはＫＣＬの投与で入院患者が亡くなった件の事だね」

石山田の隣に座った空木は、そう言いながらビールの入ったグラスを石山田のグラスに合わせた。

「そういう事なんだよ。理事長の麻倉さんから「空木さんから話を聞いたらどうか」と言われたんだ」

石山田の前には、滅多に注文する事のない刺身の盛り合わせが置かれていた。その刺身を石山田は口に運び、盛られた器を空木の方に、食べろというようにずらした。空木は（今日は捜査費か）と思ったが、口にはしなかった。

「俺の名前を出したのは麻倉さんだったのか」

「麻倉さんだけじゃない。容疑者からも「空木さんに訊いて欲しい」と言われたぞ」

「容疑者……」

「佐野だよ、佐野美佐。忘れたのかい」

「いや忘れてなんていないけど、何故佐野美佐が俺に訊いて欲しいなんて言うのか分からない。どういう事なんだ。佐野美佐がＫＣＬを投与した事は間違いない事だよ」

「それはその通りで、佐野も投与した事は認めているんだよ」

「じゃあ何を……」

「一本しか投与していないって言い続けているんだ」

「一本だけ…二本じゃないと…」

空木はバッグから手帳を取り出し、以前佐野美佐と面会した時、メモしたページを捲った。

佐野美佐は、ＫＣＬ注射用キットを岩松兼男に投与したことを認めた。あの時空木は、副院長の青山が２キットを薬剤部から出庫させ内科病棟に補充したことから、佐野美佐は２キットを岩松兼男に投与したと思い込んでいたが、一本だけだったのかと、思い込みを今更ながらに悔やんだ。

「一本だけの投与では、Ｋ（カリウム）の値があの数値にはならないみたいなんだ」

「………それはどういう事なんだ。佐野美佐以外に投与した人間がいるという事なのか」

「その可能性があるから、難しい案件になってしまってね。検察官とも協議した結果、佐野美佐単独での過失致死での起訴は処分保留にして、もう一度捜査しようという事になったんだ。それで職員の聞き取りを続けている中で、健ちゃんに話を聞こうという事になった訳さ」

「そうか、そういう事だったのか。それで何を話せば良いんだ」

「副院長の青山の当日の行動についてと、院長の植草の関与について聞かせてくれないか」

空木は、石山田の言わんとする事は、青山がもう一本を投与した人物なのではないかということだろうと推測できたが、植草の関与とは？考えられる事は一つしかない。教唆だ。しかし何の為に？

「青山副院長は、あの日若しくはそれ以前に、佐野美佐からＫＣＬ投与の相談を受けて、当日の佐野美佐の行動をやり易くする為に、外科病棟のナースセンターに何度か足を運んで、絶妙なタイミングで担当看護師をＶＩＰ用病室から呼び出した。そして佐野美佐がＫＣＬの投与を終えた後は、薬剤部からＫＣＬ注射用キット二本を、息子の実験用にと偽って払い出しさせて、内科病棟の在庫の補充に充てた。こんなところだけど、佐野美佐が投与する前に別の一本を投与するタイミングがあったのかどうかは分からない」

「聴取で聞き取った話と一緒だ。青山は内科病棟のＫＣＬ注射用キットの在庫が「０」だったことをどのタイミングで知ったのかなんだが、青山は、岩松兼男の容態が急変した午後二時過ぎに在庫を確認した時には「０」だったから、２キット補充しなければならないと思った、と言っている。つまり自分は使っていないと言っている訳だ」

「佐野美佐は一本しか使っていないと言っているが、その時の在庫は？」

「一本しか残っていなかった。だから二本使う事は出来ない、と言っている。つまり、誰かがそれ以前に一本持ち出したという事だけど、それが誰なのか分からない」

「その誰かの中に、植草院長も含まれている可能性があるという事なのか」

「植草は、噂だがどうやら佐野美佐と深い関係にあるようで、美佐の後ろ盾になっていると院内では言われている。岩松にＫＣＬの投与をほのめかしたのは植草のようなんだ。本人は勿論否定しているが、佐野美佐の供述では、関与が疑われるんだ」

「佐野美佐は、どういっているんだ？」

「植草から、外科のＶＩＰの容態を急変させて、内村を慌てさせてみろ、と指示された、と供述している。それで看護部長争いに勝てる、と言われたとね」

空木は、石山田の話を聞き、空木が一つだけ思い浮かんだ事と一致したと思った。

「なるほど、その可能性は高いね。青山副院長が、佐野美佐からの相談に何の疑問も抱かずに協力した事が、それなら理解できる。植草院長が青山に協力するように指示したのかも知れないな」

「医者の世界の師弟関係というものは、そんなに強い絆で結ばれている物なのか。俺には分からないよ。患者の命に係わる事だぜ」

「昔はそうだったのかも知れないけど、今ではそういう関係は珍しいと思うよ。二人の間には特別な何かがあるのかも知れない」

「何かが……。何だいそれは」

「それは俺には分からないよ」

「これは青山を詰めていくしかなさそうだな」

石山田はそう言うと、〈空木様〉と書かれた芋焼酎のボトルで水割りを二つ作り、一つを空木に渡し、もう一つを美味そうに飲んだ。

「今日は捜査費じゃないのか？」

「そうしようかと思ったけど、空木健介の本日の話では収穫ゼロだから、割り勘だよ」

石山田はそう言って笑った。

## 2

日曜日、朝食とも昼食ともつかない食事を、今流行りのコッペパンとコーヒーだけで済ませた時、空木のスマホが鳴った。画面の表示は、(石山田巌)だった。

「健ちゃん青山が大変な事になった。危ないみたいだ」

空木は石山田の慌てた口振りに只事ではない事が起こったと感じた。

「何があったんだ」

「青山が中央線の線路の中で倒れているのが見つかって、病院に運ばれた。意識不明らしい」

石山田がその一報を受けたのは、日曜日の朝六時過ぎだった。

早朝のウオーキングをしていた女性からの通報で、現場に出向いた河村刑事からだった。

現場は国分寺市日吉町の中央線の跨線橋の築山橋(つきやまばし)の直下で、意識の無い状態で倒れていた。財布に入っていた運転免許証と名刺から身元が判明し、武蔵国分寺病院の副院長だったことから、河村が石山田に連絡を入れたのだった。

「それで青山副院長の容態はどうなんだ」

「多摩急性期医療センターに運ばれて、頭部からの出血は、見た目は僅かだったらしいが、脳内出血やら、臓器の損傷が激しくて緊急手術に入っているらしい。危ないんじゃないか」

「息はあったという事か」

「そういう事だ。これから青山を詰めていこうとしていた矢先なのに、どうにもこうにも仕方が無い状態だ」

「青山副院長は、その簗山橋という跨線橋から落ちたという事なのか?」

「河村はそうだろうと言っている。その跨線橋には2メートル程の高さの金網が張ってあって、間違って落ちるような橋じゃないから自らよじ登って落ちたのではないかという見立てなんだ。誰かに落とされた可能性も無い訳ではないけど、大の大人を担いで落とすのは簡単じゃないからその可能性は薄いだろう」

　空木は知らなかったが、中央線の国分寺駅と国立駅の間には車が通行可能な跨線橋が六本架かっていて、新宿、高尾間ではこの区間に集中していた。簗山橋はその六本の跨線橋の中でも最も狭く、車一台がやっと通行できる幅しかない橋だった。

電話を切った空木が、テレビをつけると画面にテロップが流れていた。それは中央線快速電車が、国立駅と西国分寺駅間の人身事故で上下線ともに大幅に遅れていることを報じていた。

スマホのマップで築山橋を確認した空木は、事務所兼自宅から自転車で十分弱の中央線に架かる築山橋に向かった。

空木はこの辺りに来るのは初めてだった。橋は道幅が4メートル程で、橋の両側には1メートル程の高さの欄干の上にさらに1メートル程の金網のフェンスが張られ、石山田が言っていた通り、誤って落ちるような橋ではなかった。

橋から中央線の線路までの高さは10メートル余りだろうか、地下に潜り込む形の武蔵野線への引き込み線部分が最も高さがあって12、3メートル位だろうか。空木は（この金網をよじ登って飛び降りたのか）と金網を眺め、（運よく死ななかったんだ）と橋から線路を覗き込んだ。そして空木は下を走る電車を見下ろしながら、青山は何時頃飛び下りたのか考えていた。朝なのか前夜なのか。

その時、スマホが鳴った。武蔵国分寺病院の水原医師からの電話だった。

「青山副院長が大変な事になりました。さっき理事長から連絡があって、中央線に飛び込んで重体で入院したらしいんです」

「……実は、同級生の刑事から連絡があって、その事を知りました。それで今、青山さんが飛び下りたという築山橋という中央線に架かる跨線橋に来ているんです」

「そうだったんですか。それなら話は早いのですが、理事長の麻倉が空木さんに相談したい事があるから明日の昼に来て欲しいと言っているんです。大丈夫ですか」

「大丈夫です。明日の昼ですね、伺います」

「ありがとうございます。ところで空木さんが、今来ていると言っている築山橋の直ぐ近くに青山副院長のマンションがあるんです。やっぱり自殺だったんでしょうか」

「……それは何とも言えませんが、誤って転落するような橋ではないのは確かですね」

電話を切った空木は、バッグから手帳を取り出して、以前書き留めた青山の住所を探した。

(国立市東一丁目)と書かれていた。

築山橋から歩いて五分の所に青山家族の住むマンションはあった。ここからあの橋に歩いて行って自殺を図ったのだろうか、「何故だ」空木はまた呟いた。

月曜日の午後一時半、空木は武蔵国分寺病院六階の理事長室のドアをノックした。

部屋には空木の予想とは違い理事長の麻倉一人だった。

「水原先生はいらっしゃらないのですか」

空木は、部屋を見渡して訊いた。

「はい、今日お話しする件は、まだ誰にも話していません。水原先生には空木さんへの連絡だけをお願いしました。お話しするのは空木さんが初めてです」

「え、私が最初ですか……、院外の人間の私が聞いて良い話なのですか」

水原も同席するだろうと気楽な気持ちで麻倉を訪ねた空木だったが、自分が最初に聞く事になると言う麻倉の言葉に幾分の緊張と、聞いてしまったら後に引けなくなるという惑いが生じた。

「院外の人であるからこそ相談出来るんです」

「しかし麻倉さん、お話しを聞かせていただいたら、私は後には引けないという事になりますね」

「いえ、それは気にしなくて結構です。口外しないことを守っていただければそれで結構です。ただ、空木さんを私の幼馴染みの栄三郎君の息子さんと見込んでの相談ですから」

「……分かりました」

空木は、改めて後には引けないと覚悟した。

麻倉は空木をソファに座るよう促し、机の引き出しから二つの手紙らしき白い封筒を取り出して空木と向い合せに座った。そしてその封筒を空木の前のテーブルに差し出す様に置いた。

「これは……」

「これは先週の木曜日に私に届いた物で、内容は告発文です。読んでみて下さい」

麻倉は二つの封筒の内の一つを空木に渡した。

空木はそれを受け取って封筒から手紙を取り出した。

そこには（病院の幹部の一人が敷地内調剤薬局から金銭を強請り取っています）とＡ４の用紙に印字され、差出人の名前は書かれていなかった。

「これは誰のことなのか、麻倉さんはご存知なんですか」空木は手紙を封筒に戻して訊いた。

「いえ、心当たりもありません。それと四年前に同じように私宛に届いた手紙も読んでください。これも告発文です」と麻倉はもう一つの封筒を空木の前に滑らせるように置いた。

空木はまたそれを手に取り、封筒から手紙を抜き出した。

これには（今回の敷地内薬局の選定コンペには不正がありました。調査願います）と書かれ、Ａ４用紙に書かれているのはさっきの手紙と同じだったが、違っていたのは手書きで書かれている事だった。

「これが四年前に麻倉さんに届いたんですか。ここに書かれている選定コンペというのは？」

「以前は、病院の敷地内に院外調剤薬局を建てる事は禁止されていたんですが、ある年からそれがＯＫとなったことから、院外処方を受ける薬局を外部から選定することにした訳です。選定コンペというのは、それに応募してきた調剤薬局の競争の事です。薬局の造作から内部設備までをプレゼンさせたようで、さらに契約料も入札したようです」

「そこで不正があったと告発してきた人がいたという訳ですか」

「そういうことですが、当時選定に関わった人間に確認しましたが、それらしい話は聞けませんでした」

「選定に関わった方たちとは？」

「薬剤部長、事務部長、それに内科外科の二人の副院長でしたね。副院長の二人とも応募業者には選定のプレゼン当日まで会ったこともなかったと言っていましたし、部長の二人もやましい事は絶対に無いと言っていましたから、それ以上の詮索はしませんでした」

「応募業者はいくつあったんですか」

「私は詳しくは知りませんが、地元薬局と大手調剤が二社の三社だったように聞きました」

「その結果、今の業者の大東京調剤に決まったという訳ですか」

「そういう事です」

「それで私に相談というのは、この二つの告発文に関わる事ですか」

「それは分からないんです」

「分からない……」

「空木さんに相談したい事は、空木さんも知っての通り、私の幼馴染みの岩松が事もあろうかこの病院でうちの職員の行為によって亡くなり、今回は青山先生が線路に飛び下りるという事件が起き、その数日前に病院幹部の不正を訴える告発文が届いていた。これだけ事件、出来事が続くと、この病院に何かがある、或いは何かがあったと疑わざるを得ないのです。それが何なのか。この病院を妻と共に作り上げて来た私には、それを明らかにする責任があると思っています。その告発文もそれに関わっているかも知れませんが、分かりません。空木さんには、何があるのか、或いはあったのか明らかにするために力を貸して欲しいのです。いかがですか」

「……明らかになったら、麻倉さんはどうするおつもりですか」

「……結果の次第によりますが、医療の世界から身を引くつもりです」

「明らかにならなかったら」

「……理事長の任を妻に任せて、一医師として働くつもりですよ」と言うと麻倉は微かな笑みを浮かべた。

空木には、その麻倉の微かな笑みの中の目は、悲しさと悔しさが入り混じっているように見えた。

空木が、ソファから立ち上がろうとした時、ドアがノックされ、事務部長の寺田が、麻倉の声を待たずに慌てた様子でドアを開け、顔を覗かせた。そして空木が目に入ると「あ、お客様でしたか失礼しました」と言って開けたドアを閉めようとした。

「寺田部長、どうかしたんですか」

麻倉の呼び止める声に、寺田は体半分を部屋に覗かせた。

「青山先生の部屋に……」と寺田は口籠って空木を見た。

その素振りに麻倉は「空木さんなら大丈夫ですから話してください」と寺田をソファに座るよう促した。

麻倉の横に座った寺田は、白い封筒を二つテーブルの上に置いた。

「青山先生の部屋の机の中にこの二つの封書が入っていました」

麻倉は封筒を手にして「中は見ましたか」と訊いた。

「はい、一通は辞表でした。もう一通は……」寺田はまた口籠って空木に目をやった。

「空木さんにはうちの病院の全てを承知してもらっていますから大丈夫です。話して下さい」

「もう一通は、岩松さんにＫＣＬを投与したのは自分だと書かれていて、大変な迷惑を掛けたことにお詫びをし、責任を取るとも書いてあります」

麻倉は二つの封書を順番に読み、それを空木に渡した。空木もそれを読み、麻倉に返した。

「手書きと、印字ですね。手書きの辞表は、青山先生ご自身が書かれた物か確認出来ると思いますが、もう一つの遺書ともとれる物は、プリンターで印字されているのが気になります」

空木の言葉に寺田が顔を向けた。

「気になるというのは？」

空木は寺田の反応に一瞬はっとした。

空木が気になると言ったのは、告発文のプリンターで印字された手紙と、遺書めいた文書がやはり印字されていて一緒だった事なのだが、その告発文の存在は、現段階では麻倉と空木以外は知らない事であり、その存在を今寺田に知られる訳にはいかなかった。

「辞表が手書きなのに、もう一つがパソコンで作られているところから考えると、この二つの文書の作成には時間差があって、手書きが最近書かれたとしたら、印字された物はいつ作られたものなのか気になるんです」

「なるほど、岩松さんの事件の後、責任を取る覚悟を何時頃したのか、というところですか」

空木は、寺田に告発文の存在を知られなかった事にホッとした。

「寺田部長、植草院長には知らせましたか」

「はい、理事長にお知らせに来る前にお伝えしました。驚かれて、直ぐに理事長に知らせるように指示されました」

「そうですか、警察への連絡は？」

「していませんが……」

「直ぐに警察に連絡して下さい」

麻倉の指示を受けた寺田は「分かりました」と理事長室を出た。

「空木さんが気になると言ったのは、この告発文もパソコンで作られた文書だということが気になるのでは」

麻倉は手元に持っていた告発文を空木の前に再び置いた。麻倉も自分と同じ事を考えていたのか、と空木は「はい」と頷いた。

「あくまでも仮の話ですが、青山先生がこの印字された文書二つを作ったとしたら、自分の罪を告白した人間が、しかも死を覚悟した人間が、匿名で調剤薬局との告発文を出すものなのか疑問です。これがもし同じプリンターから印字された文書だとしたら、これは青山先生ではない別の人間が作った可能性が高いということになるのではないでしょうか。ということは、この遺書らしき文書は青山先生が作ったものではないということを意味します」

「……それは、青山先生は自ら落ちたのではなく、落とされた可能性があるという事になります。……そんな恐ろしい事がありますか」

「あくまでも仮の話です。しかし、これは警察に調査を委ねるべき事案です」

「……うちの職員が関係してない事を祈るのみです」

麻倉の声に力は無く、空木の耳には寂し気に響いた。


暫くして、寺田が国分寺警察署の刑事二人を理事長室に案内した。

二人の刑事は、麻倉の横に立っている空木を見て一様に驚いた顔になっていた。一人は石山田、あと一人は河村刑事だった。

麻倉とは初対面の河村が挨拶すると、麻倉は二人に空木の同席を求めた。

「空木さんの事は我々も良く知っていますから構いません」と石山田は応じ、河村も頷いた。

麻倉は、横に座る空木に四つの封筒を渡した。

「空木さんから一連の事を説明していただけますか」

「私から全て話しても良いんですか」

麻倉は黙って頷いた。

空木は麻倉宛に届いた二通の告発文と、その文書に関わる調剤薬局と病院の関係者たちの存在、そして今日副院長室の青山の机から見つかった二通の文書の説明をした。

石山田は青山の部屋から見つかった二通の文書に目を落としていた。

「ＫＣＬを佐野美佐とともに投与したのは青山で、その責任を取って死ぬという様に受け取れる文書ですね」

石山田は、独り言のように文書に目を落としたまま言った。

「青山さんは自殺したという事ですか、係長」

「……辞表を用意しての飛び降り自殺ということか……。事情聴取ではＫＣＬの投与については否定していたが、この文書はいつ頃用意したのか。辞表が手書きで書かれているのに対して、こっちは印刷しているところから考えれば、先に作ったのは遺書らしき文書だろうと思うが……」

石山田はそう言うと空木の方を（どう思う）というように見た。

「しかし、順番がどうなんだろう。病院に迷惑を掛けないようにと考えたら、自分なら自殺する前に、先に辞表を出すような気もするけど……。それと辞表が手書きなのは分かるが、遺書らしき文書が印刷されているのは違和感がある」

そして空木は、自分の仮説を話した上で、警察でこの印字された告発文と印字された遺書めいた文書の同一性を調べられないか投げ掛けた。

「その仮説からすれば、印字された文書が同一であれば、遺書めいた文書は第三者が作った可能性がある訳か……。同一性の調査は、科捜研（かそうけん）か警察庁の科警研（かけいけん）で調べれば分かると思うが……」

石山田が答えると、河村が「科警研に事務機文字鑑定を依頼すれば、印字からプリンターの機種が鑑別出来る筈ですよ」と加えた。

「この四つの文書は、我々警察で預からせていただきます。もし、青山さんの転落が第三者によって行われた可能性が出てきた時は、重要な証拠品となるだけに宜しいですね」

石山田の言葉に、麻倉は「分かりました」と頷いた。

「ところで巌（がん）ちゃん、いや石山田刑事、青山先生の容態はどうなんですか、意識は戻らないんですか」

空木のニックネームでの問い掛けに

「麻倉さん、この空木とは高校からの付き合いなので勘弁してやって下さい」と石山田は慌てて説明した。

「大丈夫ですよ、承知しています」麻倉は笑った。

「青山さんは、昨日の緊急手術は無事済んだらしいんだが、意識は無い状態で、担当医も戻るかどうか保証は出来ないと言っているらしいんだ。意識が戻れば全てが分かるんだが」

石山田はそう言うと隣の河村に目をやった。

「一命を取り留めただけでも奇跡に近いという事です。高さ10メートルから落下すると落下点では時速50キロのスピードになるらしく、死亡率は50％以上だと言っていましたが、青山さんが落ちた所は、武蔵野線の引き込み線で高さ13メートル位はあった筈ですから奇跡かも知れません」

「青山先生は何時頃落ちたんでしょうか」麻倉だった。

「ご家族の話では、土曜日の夜は付き合いで飲みに行くので、遅くなると言って家をでたそうですが、帰って来なかったので病院に急用で呼ばれたのかと思っていたものの、翌日になっても連絡が無いので心配していた所へ、警察から連絡が来たと言っていましたから、落ちたのは土曜の夜から、発見された日曜日の朝六時までの間という事になりますね。中央線の線路付近に落下していれば、もっと早く電車の運転手あたりが見つけたかも知れなかったんでしょうが、引き込み線が死角になっていたんでしょう。早朝のウオーキングしていた女性が見つけて通報してくれるまで見つからなかったようです」

河村が手帳を見ながら説明した。

「土曜の夜は誰と一緒だったのかは分かっているんですか」空木が訊いた。

「いえ、それは聞いていません」

「健ちゃん、俺たちも青山さんの落下というか転落に、事件性が認められない限り必要以上の聞き込みはしないよ」

「それはその通りだね。あの跨線橋の金網の高さからしても自殺は出来たとしても、七十キロ近くある人間をあそこから落とすのは一人じゃ無理だからね」

「事件性の有無は、印字の同一性の鑑定結果を確認してからという事になる」

「岩松にＫＣＬを投与したのは、青山先生だったんでしょうか」麻倉が唐突に訊いた。

麻倉にとっては、それの方が重大事に違いなかった。武蔵国分寺病院の悪夢とも言うべき出来事は、そこから始まったのだと、空木は改めて（この病院で何が起こったのか明らかにしたい）という麻倉の言葉を思い返した。

「この印字された遺書めいた文書が、青山さんが作ったものであればそういう事になりますが、現段階では断定出来ません」石山田が答えた。

石山田と河村は、麻倉に挨拶すると理事長室を出て行った。

部屋に残った空木も、立ち上がった。

「麻倉さん、私は調剤薬局とこの病院の間に何かがあったのか、無かったのか調べてみますから、四年前の選定に関わった薬剤部長と事務部長それと外科の副院長に協力してくれるように伝えて下さい。その際、医療コンサルタントではなく、探偵としての調査に協力するようにお願いして下さい」

空木は、警察が青山の転落をどう判断するのかは別にして、青山を含めた病院の幹部が、調剤薬局の敷地内選定にどう関わっていたのか調べる事が、麻倉の依頼に対して、探偵の自分が出来る事だと、自身に言い聞かせた。

## 3

理事長室と同じ六階にある管理部の小会議室で、空木は事務部長の寺田と面会した。

「理事長から連絡がありましたが、探偵だったとは驚きました」

寺田は、空木から渡された『スカイツリー万相談探偵事務所所長』の名刺を、まじまじと見ながら言った。

「それで私に何をお聞きになりたいんでしょう」

空木は、四年前の敷地内院外薬局の選定の経緯と決定までのプロセスに、問題となるようなことは無かったか聞きたいと説明した。

「理事長からは、理由は聞かずに空木さんの調査に協力してくれと言われましたが、今になって四年前の選定に何があったのかを調べるという事が、どういう事なのか聞きたくなります」

「聞かないで下さい。確認したいだけなんです」

「理事長からも言われている事ですから、分かりました」

寺田はそう言うとファイルを広げ、当時の敷地内院外薬局の応募業者の三社を上げた。三社のうちの一社は、地元業者の萩山ファーマシー、代表者は萩山聖、後の二社は大手業者で、一つは大東京調剤、もう一つは京浜調剤だった。当日のプレゼンは、萩山ファーマシーは萩山聖が、大東京調剤は現在の店長の上阪久幸が、そして京浜調剤は横山由紀という女性が行った。契約料の入札も同日に行われ、三社が全く同じ金額だったと話した。

「それで大東京に決まったんですか」

「四人の未記名投票で決まったんです。三人が大東京でした」

「三人が大東京ですか。残り一人は？」

「萩山ファーマシーでした。実は私が入れました。先生方は全員大東京でしたから文句なしに決まりました。不正は一切ありません」

「そうですか。寺田さんは何故萩山に入れたんですか。差支えがなかったら教えていただけますか」

「私は、薬に関しては素人ですから、契約金額だけで決めようと思っていました。それが全くの同一金額でしたから、地元の萩山ファーマシーに入れただけです」

「三社の金額が一緒だったんですか」

「ええ、この業界では病院の規模によって、相場というものがあるらしくて全く同じ金額でした。際限なく高額になることを防ぐための談合のようなものでしょうが、本当の所はわかりませんね」

「なるほど、談合ですか。談合で同じ金額ですか」

空木は、契約金が青天井の競争になる事を防ぐ為、契約金額以外で決まる事を前提に同じ金額にしたのだろうと推測した。もし空木の推測通りだとしたら、契約金以外の事とは、何か？（金、所謂賄賂）ではないか。


空木は寺田に礼を言って管理部を出ると、同じ六階にある外科の梶本副院長の部屋をノックした。幸いに梶本は在室だった。

「理事長から聞いていています。水原先生からもあなたの話は耳に入っていました。岩松さんの件では色々ご協力いただいたそうで、私からもお礼を言わせてもらいます。ありがとうございました。それで今日はどんな用件なんでしょう」

空木は自分の話をどういう様に水原が伝えているのか気にはなったが、今日の訪問の目的である四年前の薬局選定の経緯と、その前後に記憶に残っている事があれば聞きたい旨を伝えた。

梶本の話は、空木が麻倉から聞いていた話と同じで、梶本と青山は、選定コンペの行われる一、二週間前位に突然院長の植草から指名され、選定メンバーとして参加することになったと話した。そして三社に挨拶を受けたのは、コンペ当日で、その日が初対面だったと言った。ただ、三人のうちの一人は、隣の院長室の前に立っている姿を何度か見かけたように思うとも話した。

「それが誰だったのかは覚えていませんか」

「多分、選定された業者だったように思いますが、はっきりとは覚えていないですね」

「院長は、何故選定メンバーから外れたんでしょう」

「当時、院長が私に言っていたのは、「自分の所には業者が頻繁に来るので癒着を疑われかねない。自分はメンバーから外れた方が良い」と言って、副院長の私と青山先生にメンバーに入るようにと指示されたようです」

「つまりメンバーは院長が選んだという事ですか」

「そうだと思います」

「先生は、選定コンペで大東京調剤に票を入れたと思いますが、宜しければその理由をお聞かせいだけないでしょうか」

「もう既にそれを知っているんですか。隠すような事でもありませんからお話ししますが、私にはコンペに興味も知識もありませんでしたから、青山先生にその場で相談して大東京に入れたんです」

「青山先生が、大東京が良いと言ったんですか」

「そうです。私はどこでも良かったので何も考えずに大東京に入れました」

空木は、(やはり青山がカギを握っていたのか)と心の内で呟いた。しかし、青山をコントロール出来る人間が存在している事も同時に過(よぎ)った。

梶本の部屋を出た空木は、隣の院長室をノックした。反応は無かった。

管理部に再び向かった空木は、植草院長に面会したい旨を女性事務員に伝えた。

「院長は、青山副院長のお見舞いに出かけて、今日は病院には戻らない予定です」

事務員は淡々とした口調で空木に応えた。

空木は一階の薬剤部長室へ向かった。

空木がドアをノックしようとした瞬間、ドアが開き見覚えのある顔の男が出て来た。その男はオーシャン製薬のＭＲの堀井文彦だった。

空木も驚いたが、堀井は空木以上に驚いたようで、「ワオ」と声を上げた。

堀井と入れ替わりに部屋に入った空木に、薬剤部長の小村(こむら)が、寺田と梶本と同様に麻倉理事長から連絡を受けていると言った。空木は、四年前の薬局選定コンペについて尋ねた。小村は、大東京調剤を選定した理由については、当日のプレゼンの内容には三社遜色はなかったが、大東京調剤から事前に聞いていた、薬剤師の為の調剤業務のレベルアップ研修制度や、薬剤師の為の講演会の企画などを評価して大東京に決めたと説明した。

小村の話に、空木は疑問なところは感じられなかった。


薬剤部長室を出た空木は、病院の待合ロビーの椅子に座り、スマホを取り出して萩山ファーマシーと京浜調剤を検索していた。四年前に麻倉宛に届いた手書きの告発文を出した可能性が高いのは、選定コンペで選定されなかった二つの業者のうちのどちらかだろうと思いながら検索していた。

二つの業者の連絡先を手帳に控えた空木は、先ずは選定された大東京調剤の上阪(こうさか)という店長に会ってみようと思い椅子から立ち上がった。その時、後から「空木さん」と声を掛けられた。振り向くとオーシャン製薬の堀井が立っていた。堀井は空木を待っていたようだった。

「お待ちしていました。お会い出来て良かったです。お伝えしたい事があって連絡しようと思っていた所なんです」

空木は、堀井とともに椅子に座り直した。

「本社から今日連絡があって、(本社の臨時執行会議で制吐剤セロンの緊急安全情報は当面出さず、情報収集に注力する)という結論になったという事です。本社から空木さんに連絡があるかも知れませんが、連絡しておいて欲しいと言われましたのでここで会えて良かったです」

「そうですか、当然の結論だと思いますが、良かったです」空木に驚きは無かった。

「ところで空木さん、セロンの緊急安全情報の話を植草院長から「いつ出るんだ」と聞かれたんですが、誰からその話を聞いたのか不思議なんですよ。水原先生が話したんですかね。まさか空木さんじゃあないですよね」

「私が……、とんでもない、会ってもいませんよ。さっきも別件で会おうとしましたが不在でした」

「そうですか、私もセロンの件で院長に午後三時に会う約束だったのにすっぽかされました」

「青山副院長の見舞いに行かれたそうですよ」

「え、青山先生がどうかしたんですか」

堀井の驚いた反応に、空木は一瞬（口が滑ったか）と慌てた。

「私も事務の女性にそう言われただけですから詳しい事は知りません」と逃げた。

「堀井さんは、植草院長には良く会っているんですか」空木は話を変えた。

「いえいえ、院長が我々に用事がある時だけ呼ばれるんです。私は先週セロンの件で呼ばれて、さっきお話しした緊急安全情報の件で呼ばれたんです。その返事に今日来たんですが……。その時、レンタカーの手配も頼まれました」

「レンタカーですか」

「ええ、小さいトラックを借りてきて欲しいって頼まれたんです。何でもお嬢さんの所に大きな荷物を運ぶのに使うと言っていましたが、土曜日は私の都合が悪かったので、別のMRに頼みました」

「役務(えきむ)の提供ですね。それは引き受けても良いんですか」

「空木さん、製薬業界を知っているだけに厳しいですね。厳密には役務の提供は違反行為ですけど、大目に見て下さい。MRはつらいんです」堀井は笑った。

空木も、目、口、耳を順に両手で塞いだ。

「ところで堀井さんは、大東京調剤の店長はご存知ですか。今から会おうと思っているんですが……」

「何度か添付文書の改訂の案内に行っているだけですから、顔を知っている程度です。卸のMS（メディカル　スペシャリストの略、営業担当者）の話では、院長と懇意らしいですね」

「植草院長と懇意ですか……」

「私は知りませんけど……、卸のMSの話ですよ」

「そのMSさんの名前は分かりますか。分かったら教えていただけませんか」

「ウェルフネット小平営業所の高梨というMSですが、空木さん何か調べているんですか」

「まあそんなところです。ありがとうございました。私はここで失礼します。本社の皆さんに宜しくお伝えください」

堀井と別れた空木は、敷地内薬局の大東京調剤武蔵国分寺病院店に向かった。

午後四時を回った店内で薬を待つ患者の数は僅かだった。医療コンサルタントの名刺を使って、空木は店長の上阪との面会を依頼したが、上阪は私用のため退店したとのことだった。

翌日の朝八時半、空木は堀井とともに、ウェルフネット小平営業所で朝礼が終わるのを待った。昨日、堀井から聞いたＭＳの高梨に面会するために、堀井に同行を依頼していた。

朝から快晴の青空とセミの鳴き声は、今日の暑さを予告しているようだった。

高梨は、身長はさほど高くはなかったが、がっちりした体躯はいかにも体育会系という雰囲気を漂わせていた。

その高梨は、堀井と同じ三十三歳で、堀井には仕事上随分世話になっていると言って、詳しい理由を聞く事も無く、堀井の求めに応じて上阪と院長との関係を話してくれた。

それによれば、上阪と植草は二カ月に一回、立川の料理屋で飲んでいるとの事だった。高梨は、毎回ではないが上阪に頼まれて、その料理屋まで車で送る事があって、それは偶数月の第二週の金曜日に決まっていると話した。

「お店の名前はご存知ですか」空木が訊いた。

「立川の駅前のシネマシティの『まさむね』という割烹料理屋です。私は行った事はないですけどね」

　空木は高梨に丁重に礼を言って、堀井とともに営業所を出た。

「お、飯豊だ。おはよう」堀井が挨拶した男は、空木を見て「あ、空木さん」と声を上げた。

「飯豊、空木さんを知っているんだ。そうか、万永製薬の先輩、後輩の関係だからね」

「ええ、確かに元の会社の後輩なんですが、飯豊さんとは一か月ほど前にお会いしてからの知り合いなんです」

　空木は飯豊に代わって堀井に説明すると、「久し振りです。その節はありがとうございました」と飯豊に頭を下げて挨拶した。

「空木さん、この飯豊に植草院長に頼まれたレンタカーの手配を頼んだんです」

「そうだったんですか。飯豊さんに肩代わりしてもらったという事ですね」

「そうなんです。飯豊、面倒な事を頼んですまなかったね。ありがとう」

「どういたしまして、無事済みました」

「院長からレンタカー代はもらった？」

「まだなんです。約束していた昨日の午後、病院に行ったんですが不在で会えなかったんです。もらえないと自腹ですからね。今日行こうと思います」

「今日行かれるんでしたら、私も一緒に行かせてもらえませんか。私は別件ですけど院長にお会いして聞きたい話があるんです」

二人の話を聞いていた空木が口を挿んだ。

「良いですよ」飯豊は二つ返事で答えた。

「アポイントを取りますから、空木さんには改めて連絡します」

空木は、堀井と飯豊に礼を言いウェルフネット小平営業所を後にした。


二人と別れた空木は、その足で青梅街道沿いにある萩山ファーマシーに向かった。

薬を待つ患者は少なかったが、代表者の萩山聖が出てくるまでには五分程待たされた。

萩山聖は五十前後に見えた。空木は、まず医療コンサルタントの名刺を使い、萩山に（四年前の武蔵国分寺病院での選定コンペ）について話を聞きたいと用件を告げた。訝し気な萩山に、空木はもう一枚の名刺、探偵の名刺を差し出した。そして武蔵国分寺病院の麻倉理事長から改めて調査依頼があった事を話した。

萩山は暫く考えて、空木を奥の部屋に案内した。

「それで私に聞きたい事というのは?」

「四年前の武蔵国分寺病院の敷地内薬局の選定コンペに参加されたと思いますが、そのコンペで不正が行われたという告発文が、四年前に麻倉理事長宛に届きました。その差出人が誰なのかは分かりませんが、応募者の一人であるあなたなら何かを知っているのではないかと思ってお邪魔したのですが、いかがですか」

「……今更ですか。あの時来てくれれば良かったんですがね」

「では、あの告発文はやっぱりあなたが出したんですか」

「そうです」

萩山は空木が拍子抜けする位あっさりと認めた。

「あのコンペは、表面上は公正に実施されたように見えますが、実際は出来レースでした」

「出来レース?」

「出来レースです。大東京の上阪(こうさか)と植草院長との間に何らかの約束があったんです」

「どんな約束だったんですか」

「実はそれを調べて欲しくてあの告発文を出したんです」

「じゃあ、確かな証拠があった訳ではなかったんですか」

「確かな証拠があったら、はっきり書きますよ。そうすれば不正をした大東京も院長も排除出来ますからね。でも絶対にあの二人の間には密約みたいな何かがあったに違いありません。でなければあの結果になる筈がありません」

萩山の口調はかなり興奮していた。

「……萩山さん、もしかしたらあなた、植草院長にお金を渡したんじゃありませんか」

「……それはご想像にお任せします。私から話す事はこれだけです」

「もう一つ聞かせて欲しいのですが、契約金額が同一金額だったのは、三社の話し合いがあったんですか」

「まあ、それもご想像にお任せしますが、京浜調剤から連絡があって契約金額での競争は止めようという提案を受けたのは事実です」

萩山聖は、空木を店の外まで見送った。

空木は、萩山が植草に金を渡したのは間違いないと思った。しかし、萩山ファーマシーが選定されることは無かった。騙し取られたという思いだったのだろう。その腹立たしさをあの告発文で表したのだと想像した。しかし、萩山の言う通り、やはり上阪(こうさか)と植草の間には、萩山が渡した金以上の何かがあったと考えるのも不自然ではないだろうとも空木は考えた。

バイクに跨った空木は、大東京調剤の上阪にどうアプローチするのか考えながら武蔵国分寺病院に向かった。暑さは感じなかったが、考え事をしながらの運転は、思わず信号無視をする所だった。


大東京調剤武蔵国分寺病院店の薬を待つ患者は、昨日より随分多かった。

「昨日も来ていただいたようですが、どんなご用件でしょう」

上阪はいかにも忙しそうに名刺は出さずに聞いた。

空木は『スカイツリー万相談探偵事務所所長』の名刺を出し、麻倉理事長からの依頼で調べている事があり、話を聞かせて欲しいと話した。それは、告発文の一つである（強請られている薬局）というのは、この大東京調剤を指しているという確信からのアプローチで、四年前の選定コンペの件は切り出さない事にした。

空木から受け取った名刺を見た上阪は、さらに麻倉の名前を聞いて態度を変えた。空木を奥の部屋に案内して、名刺を渡した。

「調べ事というのは何ですか。私に聞きたい事というのは一体何でしょうか」

「麻倉理事長のところに、(病院の幹部にあなたの店を強請っている人間がいる)という告発文が届きました。その幹部が一体誰なのか、内密に調べるように頼まれたんです。単刀直入に伺いますが、覚えはありますか」

空木は上阪の表情に一ミリでも変化が無いか凝視した。

「強請りですか……。私には全く覚えがない話です。うちの職員からもそんな話は聞いていません。そもそも強請られるという事は、うちが強請られるような事をしているという事を意味している訳で、うちはそんな事はしていません」

上阪は声を荒げる事も無く、淡々とした口調で否定した。

「上阪さんのおっしゃる事は尤もです。告発文の真偽も定かでない中ですから、気を悪くしないで下さい」

「……その告発文はもしかしたら院内の権力争いというか、政争かも知れませんよ」

「政争ですか」

「あ、いや、あまりいい加減な事は言えませんが、理事のポスト争いに絡んだ、嫌がらせ、中傷かも知れません」

「理事のポスト争い?」

「一人空席になっているんだそうです。二人の副院長のどちらかが理事になるのではないかと噂されているんです」

「梶本先生と青山先生ですか」

「そうです。あくまでも噂ですが」

「青山先生と言えば入院されているそうですが、聞いていますか」

空木は、上阪が植草から聞いて知っているだろうと推測して敢えて聞いてみた。

「えー、本当ですか。初耳です。何が原因で入院されたんですか」

「私も詳しい事は知りません」

冷静に淡々と話していた上阪の驚き振りに、空木は意外だったが、植草の腹心ともいうべき青山の入院を初めて聞いた事がショックなのかと、きっとこの後、植草に確認をするのだろうとも推測した。

「……上阪さん、最後に大変不躾な事をお聞きしますが、過去に植草院長に現金を渡した事はありませんか」

「はあー」上阪は空木を凝視した。

「ある人からそんな噂があると聞きました。中傷だと思いますが」

「馬鹿な事を聞かないで下さい。そんな事がある筈がありません。たとえあったとしても、ありますと答える人間がいると思いますか。一体誰から聞いたんですか、完全な中傷ですよ」

「誰からとは言う訳にはいきませんが、上阪さんのおっしゃる通りなのでしょう。しかし、火の無いところに煙は立たず、とも云いますからあなたも他人の目を気にした方が良いかも知れませんね」

空木はある確信を持って薬局を出た。間違いなく上阪は植草に何らかの事をしているという確信だった。金銭なのかどうかは分からないが、植草の個人的利益に関わる何かをしていると。

武蔵国分寺病院の玄関で、飯豊昇と待ち合わせた空木は、院長室に向かった。面会の約束の時間の午後二時に部屋に入った飯豊を待つ間、空木は植草へのアプローチを頭の中で再確認した。昨日までは、四年前の選定メンバーに二人の副院長を指名した理由だけを聞くつもりだったが、今日はそれに加えて、金銭の授受の有無を否定される事を承知の上で訊く事にしようと考えた。それを訊く以上、理事長から調査依頼を受けた探偵であることを明かすつもりだった。

飯豊が部屋から出て来た。

「空木さんの事を院長に話しておきました。医療コンサルタントの方ですねって言っていましたけど、空木さんはここでは医療コンサルタントもやっているんですか」

「ああ、そうなんです。それよりレンタカー代はもらえたんですか」

飯豊は空木の問いに掛けに、右手でＯＫサインを出した。

飯豊と入れ替わりで院長室に入った空木は、スカイツリー万相談探偵事務所所長の名刺を渡した。

受け取った植草は、白いフレームの眼鏡を外して名刺に見入った。

「コンサルではなく、探偵ですか……」

空木は、今回理事長から依頼を受け、四年前の敷地内薬局の選定コンペでの不正の有無を調べ直している。ついては、あなたが選定メンバーに自分ではなく二人の副院長を指名した理由を説明して欲しいと話した。

暫く考えていた植草は、空木が昨日副院長の梶本から聞いた事と全く同じ理由を話し、不正や癒着を疑われる事を懸念してメンバーから外れた、と説明した。

「二人の副院長を選んだ理由は特になかったんですか」

「理由は単純です。院長の私の次に決定権を持っているのは副院長の二人だからです」

「その副院長に業者選定の指示とかアドバイスはされなかったのですか。特に青山副院長は先生の大学の後輩でもありますから指示には従うのではありませんか」

「とんでもありません。それを疑われるのが嫌でメンバーを外れたんですよ。そんな事は絶対にありません」

「しかし、フィクサーとして業者を選定するという方法もあるのではありませんか」

「あなたが何を言いたいのか分かりませんが、私は全くの部外者です」

植草の白いフレームの眼鏡の目尻の辺りが赤くなってきたように空木には見えた。

「その選定には三社の業者が応募したと聞いています。その三社は先生の所に何度も面会に来ていたそうですが、その時に……」

「その時に何でしょう」

「大変失礼な事をお聞きしますが、その時に金銭を受け取っていませんか」

その瞬間、植草の顔が目尻から顔全体に真っ赤になり、白いフレームが浮き立った。

「なんと……、失礼どころの話ではありませんね。何の根拠があって、病院を預かる立場の私にそんな無礼な質問が出来るのか、あなたの人間性を疑いますね」

植草の眼鏡の奥の目は真っ赤に充血していた。そして独り言のように小声で「たかが探偵ごときが」と呟いた。それは空木にははっきり聞こえていた。

「お腹立ちになる先生の気持ちも分かりますが、私も依頼された仕事ですからご容赦ください。選定から外れた業者の言う話ですから、嫌がらせの中傷かも知れませんね」

植草の怒りに対し、冷静に応じる空木だったが、その怒り方に、萩山ファーマシーの萩山から金銭を受け取ったのは間違いないと確信した。そして、大東京調剤の上阪（こうさか）からはそれ以上の何かを受け取っていると。

「中傷以外の何物でもない話です。誰がそんな事を言っているのかはともかくとして、あなたの仕事はそんな事よりも、この病院の誰かが犯罪めいた事をしているのかを調べる事でしょう。しっかりやって下さい」

「………」

冷静に応じていた空木も、植草の言い方に無性に腹立たしく、この男の真の姿を明らかにしてやりたいという思いが、津波のように押し寄せた。

院長室を出た空木は、息を整えるように「ふー」と息を吐いた。そして、立ち止まった。

（まてよ）植草は（犯罪めいた事をしている）と言っていたが、それをどこで知ったのか、麻倉から聞いたのか……。

# 4

武蔵国分寺病院から帰署した石山田と河村は、刑事課室で課長の浦島に報告した。

「課長、印字の鑑定結果を待つ間に、青山が落ちた築山橋(つきやまばし)周辺の防犯カメラを調べてみましょうか。橋の南側に国分寺市の教育委員会が設置した防犯カメラがあるんです」石山田だった。

「自殺か事件かという事か……。いずれにしろカメラは見ておく必要があるだろう。調べてくれ」

翌日、防犯カメラの記録媒体を入手した石山田と河村は、パソコンの画面に目を凝らしていた。

「河村、課長を呼んで来てくれ」

石山田は画面から目を離すことなく指示した。

「課長、来てください」

河村の声に椅子を立った浦島が、パソコンを食い入るように見ている石山田の後ろに立った。

「これを見て下さい」

石山田が静止させた画面には、一台のトラックが暗い橋の真ん中付近に停まっているところが映されていた。

「ここから動かしますから良く見ていて下さい」

石山田がマウスをクリックした。

画面には、二人の人間がトラックから降りてきて荷台に上がるところが映された。そして二人は長い大きな物体を担ぎ上げた。

「止めます」石山田が画面を静止させた。

「課長、暗くてはっきりしませんが、この二人が担ぎ上げたのは人間ではないでしょうか。この後、この物体を二人が落とします」

石山田がクリックすると、その物体を担ぎ上げた二人が、金網の上まで持ち上げてそのまま線路側に投げ落とすところが映された。画面の時刻は、七月二十三日土曜日午後八時五十三分と表示されていた。

「係長、署長に相談してくるが、捜査本部を立ち上げることになるかも知れん」

浦島は、刑事課室を足早に出て行った。


京浜調剤町田店で横山由紀との面会を終えた空木は、ＪＲ町田駅に向かった。

横山由紀から得られた情報は、武蔵国分寺病院の敷地内薬局の契約金額を三社同一金額にしたのは、京浜調剤から提案した話で、それは大東京調剤の無茶な金額提示を恐れたためで、提案に大東京調剤は同意した。萩山ファーマシーへの調整も京浜調剤が行い、合意したとの事だった。植草院長には、コンペまでに二回ほど面会した。選定メンバーに入らない事は直前に知ったが、最後の面会の時まで自分に決定権があると言っていただけに意外だったと話した。

町田駅に着いた頃、スマホが鳴った。石山田からだった。

「捜査本部を設置する事になったよ」

石山田のその一言を聞いた空木は、青山の転落は自殺ではなく、事件扱いになったのだと察した。

石山田によれば、防犯カメラに写っていた軽トラックから降りた二人の男が、青山と思われる物体を築山橋から投げ落とす映像から、殺人未遂事件として捜査本部を設置する事になった。但し、被害者が生存している事もあって、警視庁や近隣警察署からの応援は無く、国分寺署単独での設置となったとの事だった。

「それで前日に誰と一緒だったのか掴めそうなのかい」

「いや、地取りも鑑取りも、捜査はこれからなんだ。それで今日の夕方にでも署に来てくれないか。健ちゃんからも青山の周辺情報を聞いておきたいんだ。頼むよ」

「分かった、行くよ。ところで例の告発文の印字鑑定の結果は出たの？」

「いや、それもまだだ。一日二日のうちに結果は出ると思う。その結果次第で犯人が絞れるかも知れないな」

　電話を切った空木は、ＪＲ町田駅から立川駅に向かった。向かったのは、上阪（こうさか）と植草が二カ月に一回のペースで会食しているという割烹料理屋『まさむね』だった。

『まさむね』は昼時が過ぎていたためか、客はいなかった。

　店のオーナーは不在だったが、ランチを注文した空木は、店長と呼ばれている接客責任者と話が出来た。

武蔵国分寺病院の関係者と名乗った空木が、植草院長はここに良く来るのかと尋ねるとその店長は「良くいらっしゃいますよ」と答えた。空木はさらに話を続けた。

「大東京調剤の方と良く来ていると聞きましたが……」

「ええ、上阪さんですね」

「院長一人でも来ているんですか」

「いいえ、院長先生お一人でお見えになった事は一度もありません。必ず上阪さんと一緒です。上阪さんは別の方ともお見えになりますね。つい先日もお見えになりましたよ」

「先日ですか……、それは何時ですか」

店長は少し考えて「先週の土曜日でしたね」

「土曜日に……お一人で？」

「いえ、お二人でしたね。いつものお部屋での食事でした」

「院長ではなく、別の方ですか」

「ええ、院長先生ではなくて、副院長先生とご一緒でした」

思いがけない情報に、胸が高鳴るのを感じた空木は、一呼吸おいて

「……副院長ですか、もしかしたら青山先生ですか」とゆっくりした口調で訊いた。

「私は副院長先生のお名前は存じ上げませんので分かりませんが、上阪さんは副院長と呼んでいましたよ」

副院長は梶本もいるが、恐らくは青山だろうと空木は直感した。警察による顔写真での確認が必須だが、青山が土曜の夜一緒だったのは上阪だったのだ。この事を上阪が口にしなかったのは、自分とは初対面であり話す必要もなかったからだろうが、驚きを見せたのはこれが理由だったからなのだろうか、それとも……、と空木は想像した。

食事を終えた空木は、支払いをしながら最も知りたい事を店長に聞いた。

「上阪さんと植草院長は、定期的にここで会食していたそうですが、打合せか何かにここを使っていたんですかね」

「さあそれは私には分かりません。いつも同じ部屋をお取りしていました。もう四年ぐらいになるんじゃないでしょうか」

「へえーそんなに長く来ているんですか。一度も他の人が一緒になることは無かった訳ですか」

「ええ、私の知る限りでは一度もありません。以前には、間違って部屋に入って来た他のお客さんにさえも随分怒っていましたよ」

「部屋を間違える事もありますよね。それほど二人の時間を邪魔されたくないって事なんですね」

「院長先生がかなり怒っていたらしくて、上阪（こうさか）さんがそのお客の素性とか名前を聞きにきたぐらいです。その方は常連さんのお父様だったんですが、私も岩松さんと一緒に謝りましたよ。それにしてもあんなに怒るとは思いませんでした。だから良く憶えているんですけどね」

「岩松さん……」空木は聞き覚えのある名前に思わず呟いた。

「大事な話をしていた所に入って来たという事でしょうが、人間誰でもミスはしますからそんなに怒るのは大人気（おとなげ）ないですね」

「とは言え大事なお客様ですから失礼はいけません」店長は店の立場をキッパリ口にした。

支払いを済ませた空木は、長話をした事を詫びて店を出た。

エアコンの効いていた店内から外に出た空木は、猛烈な暑さに一瞬めまいがしたかのようにクラっとした。その暑さの中でも、店長からの話によって、空木が確認すべき事だけははっきり認識していた。

土曜の夜、青山と上阪（こうさか）が一緒だった事の確認は、警察に委ねるとして、事件とは無関係とは言え、岩松の息子が『まさむね』の常連なのかは調べておきたかった。それは、空木の勘のようなものだったが、もし常連の岩松という客が、武蔵国分寺病院で死んだ岩松兼男の息子だとしたら、誤って部屋に入って来た客、つまり岩松兼男に対する植草の異常な怒りと、岩松の死が繋がるように思えたからだった。

事務所兼自宅に戻った空木が、国分寺署に向かう支度をしていると、またスマホが鳴った。画面の表示は、（麻倉理事長）と表示されていた。

麻倉は、警察が青山は何者かに落とされた事、土曜の夜青山が一緒だった人物に心当たりが無いか聞きに来た事を空木に伝え、空木はこの事を知っているのか確認した。麻倉は、事態の変化を空木に伝える為に連絡して来たのだった。

空木は、石山田から既に伝えられている事を話した上で、麻倉にある事を確認した。それは、（薬局を強請っている幹部がいる）という告発文のことを植草に話したのかどうかだった。麻倉は一言も話していないと答えた。

空木が国分寺署に入ったのは、午後四時過ぎだった。捜査本部が置かれた二階の会議室に案内された。

会議室の入口には、（築山橋跨線橋転落事件捜査本部）という戒名が貼られていた。空木は、課長の浦島、石山田、河村の三人と向かい合う形で座った。

「警察に確認して欲しい事があるんです」

空木は座るや否や、口を開いた。

「申し訳ないけど、先にこっちからの話をさせてもらうよ」

石山田が空木の言葉を制した。

「係長、構わないから先に空木さんの話を聞いてからにしよう」と浦島が眼鏡を掛け直して空木に目をやった。

「すみません。実は今日、立川のある割烹料理屋に別件で行ったんですが、そこで先週の土曜日の夜に青山さんが上阪（こうさか）という人物と一緒に来ていた、という話を聞いたんですが、顔写真で確認して欲しいんです」

「なに、健ちゃんそれは本当か。それならもっと早く連絡してくれ」

石山田は、空木に料理屋の場所、名前を確認すると、横に座る河村に直ぐに確認に行くよう指示した。

「何故、その料理屋に行ったんだ。偶然かい」

当然の疑問を石山田は空木に聞いたが、その口調は何故か怒ったような口調になっていた。もっと早く言え、という思いがこもっているようだった。

「話は少し長くなる」と前置きした空木は、武蔵国分寺病院の理事長から依頼された調査の説明から始め、四年前の選定コンペの関係者から話を聞く中で、不正の疑いを持った。さらに大東京調剤の上阪（こうさか）と植草院長の関係が深いという情報も得た中で、定期的に、ある料理屋で会っているという情報も掴んだ。それでその事を確かめようと、今日その料理屋である立川の『まさむね』に行った。そこで情報を探っている最中に、店長から偶然先週の土曜日の話が出て来た、という説明をした。

「偶然だったのか」石山田が何故かがっかりしたように呟いた。

「……いや偶然じゃない。必然だ、係長。空木さんだからこそ辿り着いた情報だ。偶然じゃない」浦島は腕組みをしながら静かに言った。

「私の話は済みましたから、そちらの話をしてください」

空木の言葉に浦島は、石山田を促す様に「係長」と声を掛けた。石山田は頷いた。

「青山の事件は、捜査が始まったところなんだけど、岩松兼男の死亡から今回の青山の件と言い、武蔵国分寺病院に関係した事件が続いた事に、俺たちも不思議に思っているんだ。それで健ちゃんに、いや空木さんに聞きたい事というのは、知り得る限りで良いからあの病院の人間関係を話して欲しいんだ」

「……………」

何から話すべきか暫く考えた空木は、病院の外科、内科の系列大学から話を始め、院長、副院長の関係、更には医療法人源(みなもと)会の理事選定争いの噂もある事、そして看護部長の空席が続いた事が岩松兼男の死亡の遠因になった事、その事件の際、理事長が中心となって調査に動いているのを見て空木が感じた事、それは理事長の麻倉の植草への信頼は薄いと感じた事まで話した。

「麻倉さんの信頼が薄いのは何故なのか、ご存知ですか」浦島が興味深げに聞いた。

「それはあくまでも私の印象だけですから、理由がある訳ではありません」

「俺からも聞きたい事がある。院長と青山副院長の関係からすると青山の部屋から見つかった辞表なんだけど、あれは院長に出すつもりだったんだろうか」石山田は首を捻った。

「俺もそこが疑問なんだ。師弟関係にある二人の間でのあの手書きの辞表、あれは理事長に出すつもりだったのかも知れないと思っているんだ。退職届とせずに、辞表としているのは、副院長という役職者として、直接の任命者に出すという意味があるんじゃないだろうか」

「植草は青山の辞職の意思を知らなかった？」

「……知っていたが、許さなかったのではないかと……」

「それで理事長に直接出そうとして机の中に入れていたということか。辞める理由は、やっぱりあの遺書めいた印刷物の通りだと思うかい」

「違うだろう。辞める理由は別にあるように思う。あの遺書めいた物は、誰か別人が作ったような気がする。それも、もしかしたら印字の鑑定結果で分かるかも知れない」

「別人が作ったとなれば、作った理由は一つしか考えられないな」

「青山を殺害する為ということですか」浦島だった。

「作った人間は、青山を恨んでいる人間ということか」

「恨みではないような気がする」空木は珍しく眉間に皺を作っていた。

「金銭か、理事争いか」

「それもどうかな。先週麻倉さんに届いた匿名の告発文が、青山さんを指しているのだったら金銭の可能性もあるけど、青山さんが金目当てで強請るとは思えない。理事争いだとしたら、告発文に中傷相手を名指ししないと意味がない。そう考えると、あの告発文も誰が作ったのか分かれば意図が見えて来るかも知れない」

「強請られている薬局というのは、大東京調剤の事だろうが、そうだとしたら強請られている人間は、強請っている人間を殺したいと思う。つまり動機にはなるな」

「大東京の上阪は、全否定だった……」

空木はその時、（もしかしたら）とある推理が浮かんだ。あの告発文は、青山が自殺ではなく何者かに落とされたと警察が判断した時を想定していた。そして警察の目を上阪に向けさせるための物なのではないか。そうだとしたら告発文を作った人間こそが青山を殺害しようとした張本人、犯人だ。つまり、その犯人はいざとなったら上阪も切り捨てるつもりだろう。

空木はその推理を浦島と、石山田に話した。

「……青山の意識が戻れば良いんだが」

「犯人たちは、それを一番恐れている筈です。巌ちゃん、岩松さんの件にしても、今回の件にしても青山さんがカギだ。万が一を考えてガードした方が良いんじゃないか」

「犯人が口封じに青山を殺害すると……。そうは言っても、まさかの話に人は割けない」

「係長、捜査本部を置く二週間だけ、家族のいない夜間だけでも人を張り付けたらどうだ」

空木の提案に反応する浦島の横顔を、石山田は見ていた。

「課長がそう言うのでしたら、何とか手配してみます」

「空木さんの話からすれば、印字の鑑定結果によっては、犯人はかなり絞り込まれるということですね。それ以外に空木さんが気になっているような事はありませんか」と浦島は時計を見た。捜査員たちが、ポツポツと会議室に戻って来ていた。どうやらこの後、捜査会議が始まる気配だった。

「一つ教えて欲しいのですが、防犯カメラに写った軽トラックのナンバーとかは判明しているのですか」

「いえ、ただナンバーのひらがな文字が（わ）か（れ）のようだという事は読めるので、レンタカーを当たるつもりでいます」

「レンタカーですか……」と呟いた。

空木はレンタカーと聞いて、堀井と飯豊（いいで）の顔が浮かんだ。そして二人の顔の向こうには、白いフレームの眼鏡を掛けた植草が浮かんだ。

「少しだけ時間をいただけませんか、十分程で済むと思います」

「あと三十分程で会議が始まりますから、それまでならどうぞ」

空木は、スマホを取り出して会議室を出た。

暫くして戻った空木は、一枚のメモを二人の前に置いた。そのメモには（Tレンタカー小平駅前店、飯豊昇）と書かれていた。

「この男は、私の前職の会社の後輩です。信用出来る人間ですから話を聞いてみて下さい。ある人から頼まれて土曜日に軽トラックをレンタルしています」

メモを見た石山田は浦島と顔を会わせ、そして空木に目をやった。

「ある人というのは、健ちゃんの知っている人間なのか」

「巌ちゃんも知っているよ。植草院長だ」

「植草」

「ただし、そういう事実があるというだけで、その車が犯行に使われたかどうかは分からないよ。後は巌ちゃんたちの仕事だ」

その時、石山田の携帯が鳴り、河村からの連絡が入った。

立川の割烹料理屋『まさむね』で確認が取れた。上阪（こうさか）と一緒だったのは青山だった。

国分寺署を空木が出た後、捜査会議が開かれた。

捜査本部は、空木の情報を基に、青山が『まさむね』を出た後の足取り、軽トラックの追跡、レンタカー使用者からの聴取、そして上阪（こうさか）を重要参考人として任意の聴取をすることとした。

# 5

夕方、高齢のクライアントの病院付き添いの仕事を終えた空木は、堀井と飯豊(いいで)の二人と会う約束をした平寿司へ向かった。

今日、突然の警察の訪問を受けた二人は、警察から空木の名前を聞かされた上での聞き取りだった事から、連絡を取り合い、そしてどうしても空木から話を聞こうということになったようだった。

「いらっしゃいませ」と女将と店員の坂井良子の声に迎えられて空木が店に入ると、二人は既に小上がりに座っていたが、空木を見ると立ち上がって小さく頭を下げた。

空木は、鉄火巻きと烏賊刺しを三人前注文しながら二人と向い合せに座り、運ばれて来たビールでグラスを合わせた。

「空木さん、一体何が起こっているんですか。空木さんの名前を出されてレンタカーの事を随分聞かれました」飯豊だ。

「僕は、植草院長はレンタカーを何時(いつ)、何に使ったのか根掘り葉掘り聞かれました」堀井が続いた。

　空木は二人にどこまで話して良いか躊躇(ためら)った。

「警察の捜査に影響する事なので口外しないで欲しい」と前置きした上で、「青山先生は、何者かに跨線橋の上から投げ落とされた可能性が高い。その現場にレンタカーと思われる軽トラックが停まっていたんだ」と明かした。

「それに僕の借りたレンタカーが使われた」と、飯豊は天を仰いだ。

「俺が飯豊に頼んだんだ」

「その車が使われたかどうかはまだ分かっていないし、君らには何の責任も無いよ」

　二人の沈んだ顔を見た空木は、いたたまれず慰めの言葉を口にしたが、知らなかったとは言え、犯罪に関わったかも知れないという二人のショックは、空木にも理解できた。

　二人は暫くの間、通夜の膳を囲む弔問客のように、押し黙ってビールを口に運ぶだけだったが、空木に促され漸く(ようや)警察に話した内容を話し始めた。

　飯豊は、レンタカーを土曜日の午後三時過ぎに、病院の職員駐車場にキーを付けたまま届け置き、翌日の日曜日の午前十時過ぎに引き取りに行き、そのまま小平駅前のTレンタカーに返した。車は傷ついたりはしていなかった、と話した。

堀井は、植草のレンタカーの使用目的について聞かれ、植草からは娘の部屋に荷物を運ぶ目的だと聞いた事を警察に伝えたと話した。

気持ちが落ち着いたのか堀井は、「空木さんのお陰で僕たちは疑われずに済んだのかも知れませんね」と言い、植草に関する話をさらに続けた。

「院長がセロンの緊急安全情報の件をどこから知ったのか分かりましたよ。うちの本部長から聞いていたんです」

「本部長……」空木は首を捻った。

「熊川本部長です。院長と本部長は、院長が湘南医大の助手時代からの、MRと医師の付き合いらしくて、今も懇意にしていると、院長が言っていました」

「四十年近く前からの付き合いですか。プロパー時代の医師との関係は、濃いからね……」と返した空木の脳裏には、今月初旬のある事が思い出された。それは、オーシャン製薬の内部で、セロンの副作用の対応が問題となった時、確か熊川が緊急安全情報を早急に出す事に熱心だった事を思い出していた。

そして、ある推理が持ち上がった。あれは植草からの依頼だったのではないかと。セロンの副作用によって岩松が亡くなったという事にする為には、オーシャン製薬から緊急安全情報が出る事が、最も説得力があり、裏付けとしてはベストだと考えたからではないだろうか。

「植草院長は、セロンの緊急安全情報が出ないことを聞いてどんな様子でした？」

「「そうですか」としか言いませんでした。それともう一つ驚いた事は、院長のお嬢さんと熊川本部長の息子さんが付き合っているそうなんです。びっくりです」

「家同士の付き合いという事ですか」

空木は、前職の万永（まんえい）製薬に入社したての頃、先輩たちからプロパーと呼ばれていた時代の医師との付き合いにどれだけ金、物品、体力を使ったのか、しばしば自慢話のように聞かされた事を思い出していた。現在のＭＲたちの意識とはかけ離れた、売上を上げるためには交際費をいくら使っても良い、使えないのはダメな営業だという意識の時代だったようだ。

二人と別れた空木は、夜の九時を回っても、蒸し暑さが収まらない国分寺崖線の上り坂を歩いた。そしてほろ酔いの頭で考えた。

植草は、レンタカーを使って青山を築山橋まで運び、投げ落としたのだろうか。一人では不可能だ。共犯は……考えられるのは上阪（こうさか）だ。

石山田たち捜査本部の捜査員は、割烹料理屋『まさむね』の店長が手配したという青山と上阪を乗せたタクシーを捜し、青山の足取りを追う班、防犯カメラに写った軽トラックを周辺の防犯カメラで追跡する班、青山の自宅付近を地取り捜査する班、そしてレンタカーを利用した植草への聴取を担当する班に振り分けられ捜査を進めた。

浦島と石山田は、任意出頭に応じた大東京調剤の上阪（こうさか）の聴取に当たった。

上阪（こうさか）は、青山とは半年に一回、内科の処方傾向についてアドバイスを受ける為会っていたと言い、先週の土曜日は青山を国立市東のマンション付近までタクシーで送った後は、知らないと供述した。

同じ日空木は、麻倉が外来診療を終えた後面会した。

空木は、四年前の薬局選定に関して、これまでの関係者との面会で得られた情報を麻倉に報告し、そこに空木の推測も加えた。

「大東京に決まる裏には、萩山ファーマシーから植草院長に金銭が渡された事実があり、さらにそれを上回る大東京からの何かが渡っていたという事ですか」

麻倉は深いため息を吐いた。

「しかもその後も、大東京と院長との関係は続いています」

「金銭ですか」

「その可能性があります」

「……四年前のあの時、私がもっとしっかり調べていれば良かったんですね」

「それから、(病院の幹部が薬局を強請っている)という告発文ですが」空木がそこまで言った時、ドアがノックされ事務部長の寺田が河村刑事とともに入室して来た。

河村が麻倉を見て挨拶もしないまま話し始めた。

「あ、空木さんもいらっしゃったんですか、丁度良かった、先程科警研(かけいけん)から印字の鑑定結果の報告があって、例の二つの印刷物は同じ機種から印刷された物で、機種はE社の18製だという事です。この病院で使われている物だと寺田さんから確認が取れました」

河村の横に立っていた寺田が言い難そうに顔をゆがめていた。

「それで、うちの病院でE社の18製は一台だけなんです」

「どこで使っているんだ」麻倉の語気が強くなった。

「院長室です。他は全てうちの病院は入札で決まったC社なんですが、院長だけはE社なんです」

「そう言えば、当時、植草院長がE社にしてくれと騒いでいたね。そうか……」

麻倉は天を仰いだ。それは何かを覚悟したかのように空木には見えた。

空木は、二つの印刷物が同じ機種で作られたという鑑定結果に驚きはしなかった。驚くよりも得心した。植草が作ったものであれば、告発文の存在を知っていて当然であり、あの時、植草は空木とのやり取りに興奮して口を滑らせたのだ。しかし二つの印刷物を作った意図は何だったのか。遺書めいた物は、青山を自殺に見せかけて殺害する為と思われるが、それは岩松兼男へのKCL投与を青山の仕業にする為でもあった。それが意味するのは、投与したのは植草だという事だ。とは言え、上阪（こうさか）は何故共犯として手を貸したのか、植草の命令に従わざるを得なかったのか、若しくは青山を共通の邪魔者とする何かがなければならない。告発文は空木の推理通り、青山の自殺を警察が疑った時、全てを知る上阪（こうさか）に疑いの目を向けさせる為であり、その上阪（こうさか）を青山同様に自殺に見せかけて殺害することも考えていたのではないか。だとすると植草という人間は恐ろしい男だ。

「植草院長は在室なのか」

麻倉が寺田に目をやった。

「いえ、青山先生の見舞いに行くと言って出かけました」

「本部には既に連絡していますから、重要参考人として身柄の確保をさせていただき、任意同行をお願いすることになります」

河村はそう言うと、空木と麻倉に黙礼をして部屋を出た。寺田も後を追う様に部屋を出て行った。

「空木さん、大変な事になりそうです」

麻倉の額の皺が深くなった。

「麻倉さん、辛いお気持ちは分かります。ただ私にはもう一つ気になる事があります。それは、植草院長と上阪(こうさか)さんが定期的に会食していた『まさむね』で、亡くなった岩松さんと遭遇していたのではないかという事です」

「岩松が院長と……」

「しかもその事が、岩松さんの死亡に関係しているかも知れない。それを確認したいのですが、岩松さんの息子さんに連絡を取っていただけませんか」

「最初にKCLを入れたのも植松院長ですか……」

「私はそうだと思っています。その理由が『まさむね』にあるような気がします」

捜査本部には、各捜査班から情報が集まっていた。

上阪（こうさか）と青山を乗せたT観光タクシーの運転手は、土曜日の夜八時半頃二人を乗せて国立東まで行ったが、一人の客は乗車してからずっと眠っていて、もう一人の客が抱きかかえるようにしていたと証言した。さらに二人を降ろした付近に、一台の軽トラックが停まっていたとも証言した。その事は地取り捜査班からも付近の住民の情報として入った。

周辺の防犯カメラでは、築山橋以外で一台のカメラに土曜日の九時過ぎに軽トラックが通過している画像があった。そして、武蔵国分寺病院の職員駐車場の防犯カメラには、土曜日の午後六時二十分と午後九時二十八分に白い軽トラックが写し出され、運転しているのは植草によく似た男だった。


多摩急性期医療センターに入院中の青山の病室には、面会時間外にも拘わらず、二人の刑事が座っていた。そこに、白衣を着た初老の医師が入って来た。それは植草だった。

任意同行を求められた植草は、動揺する風も無く、白衣を車に置きたいと言った。刑事の一人が白衣の両ポケットに何かが入っているのを見つけた。それは（ＫＣＬ注射用キット）と書かれていた。

植草の聴取には、浦島と河村が当たった。

植草は、レンタカーを使ったことは認めたが、青山を簗山橋から投げ落とした事は全面否定し、「簗山橋には行っていない。娘の荷物を杉並に住む婚約者の部屋に運ぶ為に使った」と言い張った。

防犯カメラに写っている軽トラックが、レンタカーの軽トラックと同じ車種だと河村が写真を見せても、行っていないと言い続けた。

Ｅ社のプリンターで作られた二通の印刷物も覚えが無いと言うだけだった。

白衣のポケットに入っていたＫＣＬ注射用キットは武蔵国分寺病院の病棟で戻し忘れた物だと説明した。そして

「これは任意の同行でしたね。院長としての業務もありますので、そろそろ帰らせていただきます」と植草は白いフレームの眼鏡を掛け直しながら立ち上がり、白衣を受け取って帰って行った。

一方、上阪（こうさか）はレンタカーについては、「全く知らない」と言い、青山を送った後は、国立

駅まで歩き、バスで帰宅したと説明した。

冷静に話す上阪に、石山田が「これを見て下さい」と告発文のコピーを上阪の前に置いた。

「これは告発文ですが、強請られているのは、あたかもあなたであるかのように書かれています。強請られているあなたが、青山さんを殺害しようとしたと思われるように仕向けた告発文でしょう。これを誰が作ったか教えましょう。植草院長の可能性が極めて高いんです」

冷静だった上阪が言葉を失い、黙った。

「上阪さん、何なら今日から警護の人間を付けましょうか」石山田が真剣な眼つきで言うと、上阪は、「どういう意味ですか、私が誰かに襲われるとでも言うんですか」とムキになった。

翌日の土曜日の朝、上阪は国分寺署に自ら出頭した。そして青山を植草と共謀して簗山橋から投げ落としたことを自ら供述した。

上阪は、後悔と恐怖心から自首して来たと語り、全てを話した。

土曜日の夜、六時半頃から『まさむね』で青山と飲み始め、終わりかけた頃、青山がトイレで席を外した隙に、超短時間型の睡眠導入剤をビールグラスに入れ飲ませた。タクシーを呼んでいる間に、青山はウトウトし始め、タクシーに乗った時には一人では歩けない状態だった。八時四十五分頃に国立市東にある青山のマンション近くでタクシーを降り、停車していた軽トラックの荷台に青山を乗せた。その軽トラックは植草が用意していた車で、運転していたのは植草本人だと供述した。自分はそこまでが役目だったが、植草に築山橋に一緒に連れて行かれた。そしてトラックの荷台を足場にして青山を投げ落とすのに手を貸してしまったと供述した。その後、自分はその車で植草が病院に戻る途中に、車を降りて帰宅した。

青山を殺害しようとした動機は、植草の怒りと青山の口封じだったと供述した。

それは敷地内院外薬局の選定から始まった。裏工作で植草への現金の授受と薬局開局後のリベートの約束により大東京調剤に決まったことで、植草には、二カ月に一回、青山には半年に一回、大東京調剤武蔵国分寺病院店での二重帳簿によって作り出した薬価差額収益を分配し、自分も適当に着服していた。それが、岩松の死亡をきっかけに青山が突然金銭の受け取りを拒否し、病院を辞めると植草に告げた。植草は怒り、それを許さないと言った。しかし青山の決心が変わらない事で、植草は青山を殺害しようと決め、岩松兼男へのＫＣＬ投与を青山に擦り付けた上で自殺に見せかけて殺そうとした。そして自分に青山の誘い出しを命じた。

「青山先生に眠剤を飲ませて自宅付近まで連れて行って、後は院長に任せる事になっていたんです。それを私にまで青山先生を担がせて投げ落とさせたんです。きっと私の口も封じるつもりだったんでしょう。もう終わりにします」

上阪は「ふー」とため息を吐いた後、その目は遠いはるか彼方を見ていた。

上阪が自首した時間と同じ頃、空木は八王子市横山町の岩松兼男の息子、岩松義男の住むマンションの近くで面会していた。

やはり岩松義男は、『まさむね』の常連客だった。

四月の第二金曜日の事を、岩松義男は良く憶えていた。母親の誕生日のお祝いに三人で食事に行った日だった。父親の兼男が、用足しを済ませた後、少しばかり酔いが回っていたのか、部屋を間違えてしまった。大事な話をしていたらしい二人は激怒し、自分も店長とともに詫びたが、部屋を間違えたぐらいであんなに激怒するとはびっくりしたと話した。

「お父さんはその時、何かを見たのではありませんか」

「確か、白い眼鏡の男がお金を数えていた、と言っていましたね」

「その二人が、武蔵国分寺病院の院長と、院外薬局の店長だったことはお聞きになっていましたか」

「え、そうだったんですか………」

岩松義男は驚き絶句した。

岩松義男の驚きは、父親が亡くなった病院の人間と遭遇していた事だけではなく、父の死に疑惑が生じた事の驚きではないか、と空木には思えた。

植草は、間違いなく岩松にＫＣＬを投与した第一実行者だと、空木は確信した。

ＶＩＰで入院して来た患者が岩松だと知った植草は慌てただろう。罪を犯した人間は、異状に猜疑心が強くなると云う。麻倉の友人の岩松が、何時自分に気付いて理事長の麻倉に話をするのか大きな不安を持った。金の授受を見られた植草は気が気でなかっただろう。そしてその不安は、自分の保身、更には金銭欲と重なって、獣のようなどす黒い計画を思いついた。愛人の佐野美佐を利用して岩松を殺害する計画を思いつき実行した。佐野美佐が岩松さんにＫＣＬを投与する前に、植草は院長の立場を利用して担当看護師が病室を空ける一瞬を狙い、その間にＫＣＬ一本を点滴バッグに混注したのだろう。あたかも佐野美佐の投与で死亡するようにするためだった。そこに都合よく、自分の懇意にしている会社の薬の副作用の話が出て来てくれた。副作用での死亡にすれば完璧だと考え、懇意にしていた今や本部長の熊川に、緊急安全情報を出すべきだと指示したのだろう。

空木は、石山田に連絡を入れ、四月の第二金曜日の『まさむね』の出来事を、そして金銭の授受の事実を伝えた。さらに空木は、それが岩松殺害のきっかけになったという推理も当然付け加えた。

自首した上阪の供述を受け、捜査本部は植草への逮捕状を取り、院長室のパソコン、プリンターも押収した。

植草が娘の荷物を運んだという、杉並区浜田山のマンションに住む、娘の婚約者の熊川一義は、当初植草は布団を持って来たと証言したが、その後、植草逮捕を知らされると、一転して自身の父親から指示されて嘘の証言をしたと明かした。

逮捕された植草は、聴取に当たった浦島と石山田に「青山は私の恩を忘れた上に裏切った人間です」と言ったきり、暫く黙ったままだった。

上阪(こうさか)が、『まさむね』で金の授受を岩松兼男にたまたま見られた事が原因で、偶然にも入院して来たその岩松を、ＫＣＬで心不全での急死に見せかけて殺害しようとしたのは植草だった、と供述した事、さらに植草に渡した金は、全て愛人の佐野美佐に渡っていたと供述している事を告げられた植草は、「ふー」と大きく息をついた。

「青山は死んでいませんね。という事は殺人未遂ですか。岩松の死亡は、私の行為で死亡した訳ではなく佐野美佐がやった事。私の行為は、まさか死ぬとは思っていなかった未必の故意という行為でしょう。重罪ではない」

薄ら笑いを浮かべた植草は、そう嘯(うそぶ)いて開き直ったように白いフレームの眼鏡をかけ直した。

聴取に当たっていた二人は顔を見合わせた。

浦島の顔がみるみるうちに真っ赤に染まった。

「植草征一(うえくさまさかず)、いい加減にしろ。お前は仮にも人の命を預かる仕事に長い間携わってきた人間として恥ずかしくないのか。人を助ける立場のお前が、金と女に目がくらんで人の命を平気で奪うとは……。白衣を纏(まと)った獣だ。お前は厳罰を受けるべきだ」

いつも冷静な浦島が、珍しく声を荒げた。

八月一日月曜日も朝から暑かった。

空木は麻倉を理事長室に訪ね、依頼された調査の報告を済ませた。

「ご苦労様でした。今回の一連の事件は全て私の責任だと思います。植草君を湘南医大の消化器内科の教授から、院長で受け入れるよう頼まれたのが始まりです。医師の派遣で便宜を図ってもらおうという私の下心で、評判の良くなかった植草を受け入れ、その時一緒に佐野美佐も来た。そしてその後、青山君が副院長として来ることになり、薬局選定が始まった。あの時、萩山ファーマシーからの告発に、私がもっと真剣に調べていれば、大東京調剤と植草との関係は断つことが出来て、幼友達の岩松を死なせることはなかったと、悔やみます」

「麻倉さんの理事長として悔やむ気持ちは分かりますが、一人で責任を背負い込むのは違うと思いますよ。植草院長は、人間としての理性が欲望に負けてしまったんです」

「……植草も医の道を志した筈、どこで獣道(けものみち)に入り込んだのか……」

麻倉は、大きな溜息とともに天を仰いだ。そして改めて空木に顔を戻し礼を言った。

「空木さん、ありがとうございました」と

「麻倉さんはこれからどうされるおつもりですか」

「私は、理事長職は妻に譲って、この病院の信用を取り戻すために、もう一度この病院の勤務医としてやり直そうと思っています。老骨にムチ打ちますよ」麻倉はそう言って笑った。

「麻倉さんのそういう思いは、私の好きな言葉の（能く生きる）そのものです。どうか無理はなさらないで下さい」

空木は麻倉に別れの挨拶をして理事長室を出た。玄関に向かいながら、麻倉が言った（獣道）を思い返した。獣道に迷い込んでも戻る勇気があれば戻れた道だったのに、植草は戻らなかった。白衣を身に着けた獣のままだったと。

病院の玄関を出た空木は、その暑さにまた一瞬のめまいを感じた。「暑いぞ」空木は独り言を口にしていた。それは人間の欲望の醜さへの、空木の苛立ちを表した様な独り言だった。

# 死者のアベンジ

# 1

八月に入ると、東京は猛暑がぶり返した。

マスコミ、メディアは、武蔵国分寺病院での入院患者の死亡が、病院長と看護師によって引き起こされた事件だったと報じ、さらに病院の副院長を殺害しようとした疑いで、病院長と関係する薬局の責任者が逮捕された事も報じていた。

空木健介は報道の喧騒をしり目に、南アルプスへの山行に出かけた。

北岳、間ノ岳、農鳥岳の白根三山を二泊三日のテント泊で縦走した空木が、猛暑の甲府駅に着いたのは、八月十一日木曜日、（山の日）の祝日だった。帰路の中央線は、東京吉祥寺駅での人身事故のため大幅に遅れ、ダイヤが乱れている事を構内放送や、テロップで案内していた。それは、空木が下界に戻って来たことを否が応にも知らせるものだった。

木内香織が、亡くなった夫、木内範夫の強盗致傷の容疑で、国分寺署の家宅捜索を受けたのは、葬儀の二日後の七月二十三日土曜日だった。捜索に訪れた河村刑事から亡夫の容疑を聞かされ、捜索令状を見せられた香織は呆然としていたが、直ぐに我に返り、子供たちを部屋に入っているように促した。

「死んだ主人は、本当にそんな事をしたのでしょうか……」

河村には、その香織の声は細く、やっと聞き取れた。

主人を山の事故で突然亡くし、気丈に葬儀を終えたばかり。二人の子供とともにこれからの生活の事を考えれば、暗澹な気持ちになって当然の所に、亡夫が強盗致傷犯だと警察に言われれば、そのショック、動揺はとんでもないものだろうと、河村にも容易に想像出来た。

そんな思いを抱えながらも河村は、七月八日金曜日に発生した中央線国立駅でのひったくり事件の際に、片倉隆文(かたくらたかふみ)が転落負傷した事、その際駅の構内カメラに写っていた逃げる男が、木内範夫だった事、そして一昨日押収したカバンの中に入っていた書類が、ひったくられた物だった事を、ゆっくりとした口調で説明した。

「そのカバンというのは、主人の部屋にあった黒い書類カバンのことでしょうか」

「そうです」

「あれは会社の桑田さんから預かった物では……」

「預かった物ではなくて、その桑田から盗むように唆(そそのか)されて、片倉さんから盗った物だったんです」

「そんな……」

「それと、書類と一緒に木内さん直筆と思われる、片倉さん宛の手紙もあって、それには罪への償いと悔いる言葉がありました」

「手紙ですか……」

「はい。それでその手紙が、ご主人が書かれた物か、筆跡の鑑定も必要なので、お宅にあるご主人の書かれた物をお貸しください」

「その手紙を見せていただけませんか」

河村は、ショルダーバッグから手紙のコピーを取り出し香織に渡した。香織は食い入るように手紙を見た。

「主人の字に間違いないと思います。……この黒塗りにされている所は人の名前では……」

「そこはお見せすることは出来ませんので……」

河村は香織から手紙のコピーを受け取りカバンに戻した。

「主人は何でそんな事をしたんでしょう。そんな事を、そんな悪い事をするような人ではないのに……」

香織の目から涙が溢れた。悔し涙なのか、新たな悲しさが込み上げてきたのかは、河村には分からなかったが、夫を失った妻の涙を見るのは切なかった。

「被害に遭われた方は、大丈夫だったのでしょうか。今はどうしているのですか」と香織は涙を拭って訊いた。

こういった状況にあっても、被害者を気遣う事が出来る香織に、河村は驚くとともに感心した。

「一つ間違えれば大事になっていたところですが、運よく大事にはならなかったようです。今は、自宅で療養されている筈です」

「良かったです。その方のご住所か、連絡先を教えていただけませんでしょうか。お見舞いに伺いたいのですが」

河村は暫く考えた後、手帳を取り出し、香織に教えた。

「もう一つ伺いたいのですが、山梨の警察の方が主人のスマホを持って行ったのですが、何か分かった事があるんでしょうか」

「……それは私には分かりません」

河村は、木内範夫が桑田弘と一緒に山に行っていた事は、口にしなかった。それは管轄外の事だからという理由だけでなく、香織に余計な不信を抱かせたくないとも思ったからでもあった。

河村たちは、パソコンや仕事関係の手帳、木内の直筆の物などを押収し、捜索を終えた。

河村は、その翌週から（築山橋跨線橋転落事件）に奔走する事となった。

片倉隆文の住むマンションは、小金井市本町にあった。

退院した片倉隆文は、七月二十日から自宅療養に入っていた。

木内香織からの電話は、二十四日日曜日の午後にあった。片倉は、香織の強い希望に、見舞いに来ることを拒まなかった。

数日後、香織は見舞いの花と菓子を手に片倉を見舞った。首に巻かれたコルセットが痛々しい片倉を見て、香織は深々と体を折った。

玄関口では近所の目もあるから、という片倉夫妻の言葉に香織は頷いた。

部屋に案内された香織は、亡夫の葬儀後の始末や、子供たちの面倒などで、見舞いが遅くなったと詫びた。

「お子様は？」片倉の妻が心配そうに聞いた。

「小学校五年の娘と小学校一年の息子がおりますが、静岡の母が来てくれていますから……」

「そうですか、それは大変ですね。私はまだコルセットははずせませんが、他は無事でした。こうして元気ですし、八月の盆明けには出社も出来ると思いますから、どうぞ心配しないでください。それより、ご主人がご不幸な事になってしまって、木内さんの方が……」

片倉隆文の言葉に、香織は「ありがとうございます」と頭を下げた。

「それにご主人からは、警察を通じて私宛に書かれた手紙をいただきました。ご主人も書類の中身も知らずに、先輩から言われた通りにしたのでしょうが、悩んだようです。ある意味、ご主人も被害者かも知れませんね」

「先輩ですか……」と俯き加減だった香織が顔を上げた。

「先輩というのは、どなたの事なのでしょうか、宜しかったらお話していただけませんか」

香織の変化に、片倉は背筋を伸ばすように顔を上げ、妻に手紙を持ってくるように頼んだ。

「これです、読んでください。ご主人の書かれた手紙のコピーです。原文は警察にあるようです」

香織は手紙を見るのは二度目だったが、片倉から渡された手紙には、黒塗りの部分が無く、そこには（片倉さんの上司であり、私の大学の先輩でもある桑田さん）と書かれていた。

「私の上司でもある桑田弘ＧＭです。私の気を引き締める為と言ったそうですが、意味が分かりません。警察の取調べで何の為に木内さんに盗らせたのか分かると思いますが……」

「桑田さんが主人に盗らせたんですか……」

香織は桑田が葬儀の後、書類の入った黒いカバンを取りに来たことの理由が分かった。

「ご主人は、桑田ＧＭと山登りに行った時に転落してしまったようですが、この事の悩みが影響していたのかも知れませんね」

「え、桑田さんと一緒に山へ……知りませんでした」

香織の唖然とした様子に片倉は慌てた。

「すみません、私もある人から聞かされたので、確かな話ではないかも知れません」

「……」香織は考え込んだ。

桑田は葬儀の時そんな事は一言も言わなかった。書類を盗めと主人に指示した事に加え、山に一緒に行った事など全く口にしなかった。何故……。

「片倉さん、お見舞いに来た人間がお願いするのは、大変失礼な事だと思いますが、主人と桑田さんが、一緒に山に行ったようだと言われた方を、教えていただけませんでしょうか」

「その人は、ご主人と桑田ＧＭが山登りの格好で駅にいるところを見て、その写真も持っているんですが、その写真を、ご主人の生前の最後の姿だからあなたに届けたいと言っていたので、それで奥様もご存知なのか思っていました」

「写真があるんですか……。是非その方にお会いしたいです」

片倉は隣に座って話を一緒に聞いている妻を見た。

「教えて上げたらどうですか」

妻の言葉にスマホから（空木健介）の連絡先を引っ張り出した。そして、自分が盗られた書類の探し出しを依頼した探偵である事を伝えた上で、携帯の番号を教えた。

空木健介の携帯電話に木内香織から連絡が入ったのは、八月二日火曜日の午前十時を過ぎた頃だった。

空木は、亡くなった木内範夫の妻という女性からの電話に、見てもいない、ただつけていただけのテレビのスイッチを切った。香織は、片倉隆文から紹介されたと話した上で、死んだ夫の事で話を聞きたいので会って欲しいと告げた。

空木は、木内の妻であれば、聞きたいという話の想像はついたが、それを確認するかのように何を聞きたいのか訊いた。香織は、山梨の山で転落死した夫が、桑田という男性と一緒に山に行ったのかどうか知りたいと言い、空木の撮ったという写真を見せて欲しいと話した。

空木は片倉から写真の話を聞いたのだと思いながら、高尾駅で撮った写真を木内の遺族に渡そうと考えていた事を、今更ながら思い出した。

香織は今日の午後にでも会いたいと言い、空木も応じる事にした。二人は目印となるように、お互いに服装を伝えあい、国立駅の改札南口で午後の三時に待ち合わせた。

猛暑日の午後三時の国立駅の人通りは少なかった。

空木は、白地に青い縦縞の半袖のボタンダウンシャツを、香織は横縞のボートネックのTシャツを目印にしたが、少ない人通りの中、人待ち風に立っている空木は、目立った。

空木は、喪服の香織を葬儀の時に遠目から見ていたが、カジュアルな服装の今日は、その時よりも若々しく見えた。簡単な挨拶を済ませると、南口を出て旭通りと云われる通りを二、三分歩いた喫茶店に香織を案内した。

空木は改めて『スカイツリー万相談探偵事務所所長』の名刺を渡すと、直ぐにプリントした高尾駅で撮った写真を香織に渡した。

「桑田さんと主人です。間違いなく二人一緒だったのですね」香織は写真から目を離さなかった。

「二人はずっと一緒だったという事でしょうか。主人が転落した時も……」

「知り合いの警察関係者からは、そう聞いています」

「桑田さんは主人を助けようとしたんでしょうか」香織は顔を上げた。

香織の、核心を突くいきなりの質問に、空木はハッとした。

「……分かりません。はっきり分かっている事は、救助要請しなかったという事です」

空木は、正直に答えた。

「あの日、主人は夜になっても帰って来ませんでした。それで心配になって警察に相談したのですが、桑田さんが救助要請してくれていれば、もしかしたら……」香織はまた写真に目を落とした。

「桑田さんは、主人の葬儀の時も、山に一緒に行っていたなんて一言も言いませんでした。それどころか、主人のお骨まで拾っていたんです。どうして……」

あの時、葬儀の終了を待っていた空木たちが、火葬場へ行くバスに乗り込む桑田を見て、この男が本当に一緒に山へ登った男なのだろうか、と思った事を空木は思い返していた。

アイスコーヒーに口をつけた香織は、改めて空木の名刺を手に取った。

「探偵の空木さんが、この写真をどうして持っておられるのですか。主人が盗った書類を捜す事と関係があったという事ですか」

空木もアイスコーヒーを口に運び、暫く考えた。

「……写真は偶然です。が、これがきっかけで、木内さんが桑田さんに唆(そそのか)されて、片倉さんから書類を盗ったというところまで行き着きました」

「偶然ですか……。その偶然から主人が盗った事まで……、ですか。空木さんは、もしかしたら、桑田さんが主人に書類を盗れと言った本当の理由を知ってらっしゃるのではないですか」

香織の目が空木を刺すような目付きに変わった。

「聞くところでは、桑田さんはセロンという薬の緊急安全情報を出したいが為に、書類を盗らせたと言っているそうです。それは間違いない理由だと思います」

「そんな事のために主人は罪を犯したのですか。桑田さんは、社内の話し合いはしなかったのでしょうか。社内の話し合いでその『緊急』とかいう物を出すのかどうか決めればいい事のように思いますが、空木さんはどう思いますか」

「全くその通りです。私も同感です。バカな事を考えたと思いますが、それは桑田さん自らが考えた事ではないと私は考えています」

「え、それはどういう事ですか。桑田さんが考えたから捕まったのでは……。空木さんは、まだ別に主人に盗れと言った人間がいると……」

「………」

空木は余計な事を口走ったと目を閉じた。

「空木さんの考えを聞かせて下さい。一体誰が考えたと思っているのか。主人は何も知らないまま……」

「………」

「お願いです、言って下さい」

「奥さんは、私の考えを聞いてどうするおつもりですか」

「……聞いたところで私の力でどうにかなるとは思っていません。それに空木さんの推測が正しいとも限りませんから…。ただ主人が可哀そうで……」

「……分かりました。私の推測をお話ししましょう」空木は意を決した。

「熊川というオーシャン製薬の営業本部長の指示だと考えています。その熊川という偉いさんも、ある病院の偉いさんから頼まれたのかも知れません」

「本部長の熊川さん……。熊川さんも主人の大学の先輩だと聞いています」

「という事は、桑田さんの先輩でもある訳ですか……」

空木は腑に落ちた。北日本薬科大学の繋がりが熊川から桑田、そして木内にまで及んだのだと。

「空木さん、私と一緒に桑田さんと熊川さんに会っていただけませんか」

「……………」

「空木さんは、この名刺の通りなら調査だけではなくて、万事(よろず)の相談も受けていただけるんですよね。勿論お金はお支払いしますから一緒に会っていただけませんか」と香織は、空木の名刺を両手で持って、ここに（万相談）と書いてある、と言わんばかりに空木の前に置いた。

　空木は、またアイスコーヒーに口をつけ、暫く考えた。香織の依頼は、桑田と熊川の面会に、ただ付き添っていくだけの話ではない。真実、香織の納得のいく真実に辿(たど)り着くまで付き合い、調べる事になりそうだ。とは言え、これは自分の推理を香織に話した事が発端だとすれば、引き受けるしかないと覚悟を決めた。

「分かりました。ただ、桑田さんは、拘留されているとしたら、今すぐには会えませんし、私の知る限りでは、容疑者は裁判が終わるまで事件の関係者とは会えない規則があると思います。もしかしたら私一人で会う事になるかも知れませんよ。いずれにしても二人への連絡は、奥さんに取っていただく事になる事は承知しておいて下さい」

「桑田さんは今も警察にいるんですか」

　空木は「ちょっと待っていて下さい」と言って席を立ちスマホを手に店外へ出た。十分程して空木は「お待たせしてすみません」と席に戻った。

「知り合いの刑事に確認してきました。桑田さんは、強盗教唆(きょうさ)と強盗幇助(ほうじょ)の罪状で検察へ送られたそうですが、聴取情況によっては起訴された後、保釈されるのではないかと言っていました。保釈されれば事件関係者以外は面会出来るのですが、やはり奥さんは面会出来ないようです」

「そうですか。……保釈というのは？」

「起訴された後、裁判までの間、殺人とかの重大犯罪ではなく、逃亡する恐れがないと裁判所が判断したら、裁判所が決めた金額を収めると一時的に自由になれるという制度ですが、旅行とか、会ってはいけない人とかの条件が付けられるようです」

「一時的にも自由になれるのですね。主人は死んだのに……。空木さんは主人が山で死んだのは事故だったと思いますか」香織は、顔を下に向けたまま、呟くように言った。

「……」空木は黙った。

「桑田さんに、いや桑田に会って来て下さい。私のあの人への今の気持ちを伝えて下さい。不信感と憤りを伝えて下さい。熊川さんへの連絡は私が取りますから一緒に会って下さい」

桑田を呼び捨てにした香織の目は、血走っているように空木には見えた。

## 2

桑田弘が保釈となった事を河村刑事からの連絡で知った空木は、千葉県習志野市の桑田のマンションを、事前に連絡する事なくいきなり訪問した。

エントランスのインターフォンの向こう側の声は、桑田の妻だろうか、女性らしい細く高い声だった。

空木は名前を名乗り、木内範夫の妻、香織からの依頼を受けて訪問した事を告げると、女性は、空木にそこで待つように伝えた。

暫くすると、エレベーターから一人の女性が降りて来た。その女性はエントランスで立っている空木を見ると、「空木さんですか」と訊いた。

桑田本人が来ると思っていた空木は、「え」と小さな声を上げた。

「申し訳ありません。主人は疲れていて、お会い出来る状態ではないと言っています。木内さんの奥様からのご依頼でいらっしゃったという事ですが、もし私が主人に取り次げる事でしたらお聞きしますが……」

やはり桑田の妻だった。空木は、残念な素振りを見せることなく、バッグの中から一通の封書を取り出した。それは、予め用意しておいた、香織の名前で作っておいた桑田宛の手紙だった。空木が探偵であることを知っている桑田が、面会を拒否することは想定していた。その時の為に空木が考え作った手紙だった。これを桑田が読むのかどうかは分からないが、郵送ではなく、直接訪ねて渡すことに意味があると空木は考えていた。桑田に精神的圧力をかけるには十分意味があると考えたのだ。

「奥様ですか。これをご主人にお渡し下さい。木内香織さんの想いが書かれています」

空木はメールポストに入れる事を思えば、こうして妻に渡せたことも、習志野まで来た甲斐はあったと自分に言い聞かせた。

空木と木内香織は八月六日土曜日の午後四時、吉祥寺駅で熊川貞道(くまかわさだみち)を待った。

待つ間に、空木が昨日、桑田の妻に渡した手紙と同じ物を香織に渡した。それには、書類を盗る事を考えたのは本当に桑田自身なのか？主人と一緒に山に行きながら何故救助要請してくれなかったのか？葬儀の時、山で一緒だった事を言ってくれなかったのは何故なのか？亡夫の事を想うと、悲しさと同時に悔しさで胸が塞がる思いでいる。私は妻として真実を知りたいだけなのです。と書かれていた。

「空木さん、ありがとうございました。桑田さんが会う事を拒んだ時の事も考えて下さっていたんですね。私の想いをちゃんと書いてくださっています。桑田さんは読んでくれたんでしょうか」

香織は手紙を読み終わって顔を上げると、「熊川さんが……」と呟いた。

香織が見つめるその男は、真っ直ぐ香織に向かって歩いて来た。

「久し振りだね、吉野さん」とその男は微笑んだ。その顔は、余裕と自信に満ちた中年の絶頂期にいる男の顔だった。

「吉野さん？……」空木は香織を見た。

「私の旧姓です。十年前まで恒洋（こうよう）薬品に勤めていたんです。熊川さんが当時営業部長で上司でした」

熊川は、香織の横に立っている空木をチラッと見た後、（誰）と言うように香織に視線を戻した。

「私の知り合いの探偵さんです」

空木は、名刺を熊川に渡し、自己紹介した。

「探偵……。熊川です」

熊川はプライベートで持ち合わせていなかったのか、名刺は出さなかった。

「こんな所では何だから、近くのコーヒーショップで話しましょう」

熊川はそう言うと、駅の西側にあるコーヒーショップに案内した。

「木内君の突然の不幸には驚いたよ。私に出来る事があれば、力になるつもりでいるけど、今日の話というのはそういう話かな」

足を組みながらアイスコーヒーに口を付ける熊川の高慢とも思える態度を見た空木は、前職の会社で支店長から「所長に抜擢するから、以後上司と会社に楯突くな」と言われた時と同じ様な嫌な気分になった。

「そう言っていただけるのは大変ありがたいのですが、今日は、主人が何故強盗という罪を犯してしまったのかをお聞きしたくて面会をお願いしました」

香織の毅然とした姿は、空木には嬉しかった。

「それを僕に聞くのは、お門違い、筋違いでしょ。何故、木内君が強盗をしたのかを、僕が知る筈がないでしょ。そんな事の為に僕を呼び出したんですか。探偵さんが一緒に来たのもそのためだったんでしょうが、残念ながら僕には見当もつきませんよ」

「………」香織は無言で、隣に座る空木に顔を向けた。

空木はゆっくりとアイスコーヒーに口をつけ、徐に手帳を広げた。

「折角の休日に時間を取っていただいた訳ですから、時間の無駄は止めましょう。木内さんにご一緒させていただいた探偵の私から単刀直入にお伺いします。桑田弘さんはあなたの大学の後輩でもあり、よくご存知だと思いますが、強盗教唆、幇助の罪で起訴されました。桑田さんは、セロンの緊急安全情報を出すために書類を盗むよう、木内さんに頼んだ事を認めました。そしてそれは自分自身で考えた事だと話しているそうですが、本当はあなたからの指示を受けての事で、それを木内さんにやらせた。違いますか」

「ハハハ、馬鹿な事を。そんな話、笑うしかないですね」

「あなたは、武蔵国分寺病院の植草院長と昔から懇意にしていますね。あなたの息子さんは、植草院長のお嬢さんと付き合ってもいると聞きました。その植草さんは、あることからオーシャン製薬にセロンの緊急安全情報を出して欲しかった。それで懇意にしているあなたに早く出すように頼んだ。あなたはそれを引き受けた。しかし、御社の執行会議では、結論は先延ばしになり、セロンの承認申請時のデータを使って、武蔵国分寺病院に再度説明し、その結果を待つ事になった。あなたは、これを阻止する事を考えた。それは二つの理由からです。一つは当然セロンの副作用で押し通して緊急安全情報を出す事によって、植草さんの期待に応える為です。そしてもう一つは、執行役員の競争から研究開発部長を追い落とす為、そうですすね」

「さっきから何度バカな話をするんですか。いい加減にしなさい。たかが探偵のあなたに……。そんな話をする以上、何か根拠、証拠でもあって言うんでしょうね」

熊川の顔は真っ赤になっていた。怒りなのか、興奮して指先が震え始めていた。

「根拠ですか、植草院長が入院患者さんにKCLを混入させて逮捕された事はご存知ですね。植草院長は、入院患者の死亡をセロンの副作用に見せかけようとしたんです。あなたが懇意にしていた植草院長が、全て話すでしょう。それから、桑田さんが、裁判になっても一人で罪を被り続けるのか、見ものですね。私からお話しする事はこれ以上ありません。木内さん、話しておきたい事があれば話しておいた方が良いですよ。熊川さんは、あなたの力になると言ってくれていますしね」

空木は手帳を閉じて、熊川を睨み続けている香織に顔を向けた。

「たかが探偵」と言われた空木の反撃の一撃に、熊川は、顔を真っ赤にしたまま言葉を発しなかった。

「私は主人の為に真実を知りたいだけなんです。主人は家族思いなだけでなく、先輩方も大事に思っていました。裏切られたんです。主人が可哀そうです」

香織の目から涙が零(こぼ)れた。

熊川をコーヒーショップに残して、吉祥寺駅に二人は歩いた。香織が立ち止まった。

「空木さん、ありがとうございました。空木さんがあんなに詳しくご存知だったなんて驚きました。もう私には、熊川さんが桑田さんに指示した事を認めるかどうかなんて、どうでもよくなりました。空木さんの言われた事が真実だと思います。主人もきっとそう思っているでしょう。熊川と桑田には天罰が下りますね」

先輩に忠実であろうとする後輩と、後輩を利用する先輩。頼れる先輩、その先輩を慕う後輩。熊川も桑田も木内にとって頼れる先輩だったのだろうか。そんな事を考えて、空木は香織に別れを告げた。

## 3

空木が南アルプスから帰った翌日の八月十二日金曜、テレビではお盆休みの期間の車の混雑予想を報じていた。

空木は、山帰りの昨日は、中央線の吉祥寺駅の人身事故の影響で、遅い帰宅となって、平寿司で山帰りの一杯が飲めなかった事が心残りだった。

朝から両足の太腿(ふともも)、脹脛(ふくらはぎ)の筋肉の張りと痛みに心地良さを感じていた空木は、山から帰った翌日の、この張りと軽い痛みが、山の残り香のように、上り、下り終えた登山道を蘇らせてくれるのを楽しんでいた。

空木が平寿司のランチを食べようと、ぎこちない歩きで向かっていた時、スマホが鳴った。

国分寺署の河村刑事だった。

「桑田の行方が分からないそうです。地検から連絡がありました。空木さんは先日、桑田に会えないかって連絡してきましたが、お会いになったんですか」河村の声は慌てていた。

「習志野まで行ったんですが、会えませんでした。保釈になったばかりで疲れているとかで、会いたくないと」

「それは何時ですか」

「先週の金曜日です。桑田は行き先を奥さんに言っていなかったんですか」

「熊川という人物に会いに行くと言って出かけたそうです」

「熊川ですか……」

「空木さんご存知なんですか」

「ええ、恐らくオーシャン製薬の営業本部長の熊川さんのことだと思います」

「空木さんに電話して良かった。参考になる話が聞けました」河村の声は弾んだ。

ランチを食べ終え、自宅兼事務所に戻った空木のスマホが、また河村からの電話で鳴った。

「桑田は死んでいました」

「え、本当ですか」

「吉祥寺の駅で、電車に飛び込んだのか轢死していました。さっき武蔵野東署から連絡があって、今私たちも向かっているところです」

「自殺ですか？」

「分かりません。所轄も自殺とは断定していないようです」

電話を切った空木は、ベランダに出た。肌が焼け付くような暑さだった。（桑田が死んだ。自殺なんだろうか）空木には俄かには信じられなかった。保釈金を払って一時的な自由を得て自殺した。罪を悔いて死を選んだのだろうか。

「暑い」空木は五分と居られずベランダから部屋に戻った。


武蔵野東署に入った河村と石山田は、遺体安置場で桑田と思しき轢死体と対面した。その遺体の損傷は激しく、左肩から先、左膝から下が切断され、全身は損傷していたが、顔面は僅かな傷だけだった。

「桑田弘ですね。家族の確認は済んだんですか」

河村が、ここまで案内してくれた所轄の松屋という刑事に訊いた。

「いや、まだです。今こちらに向っているところでしょう」

松屋は死体を確認した二人を、会議室へ案内した。

「桑田弘は保釈中だと伺いましたが、河村さんから連絡していただいた熊川という人物は、桑田とはどういう関係なのか、河村さんはご存知でしたか」

松屋は、二人のどちらに聞くともなく訊いた。

「いえ、知りません。桑田の関係した事件の関係者ではないと思いますが……」

河村が、石山田に同意を求めるように顔を向けながら答えた。

「同じ会社の先輩のようですね。部署は違うようですが、大学の先輩、後輩の関係だそうです」と松屋は手帳を開いた。

「……桑田は自殺ですか?」河村が訊いた。

「それが、駅構内のカメラでは誰かがぶつかって転落したように見えるので、何とも断定出来ません。ぶつかった男はいなくなってしまったので探す必要があるんですが、今のところは、全く手掛かりはありません」

「熊川という人物から聴取は済んだのですか」

「聞き取りはしています。十一日の十二時半に吉祥寺駅で待ち合わせて、鰻屋で昼飯を食べたそうです」

「どんな用件で二人は会ったのか分かっているんでしょうか」

「会社の懲戒処分についての相談だったそうです」

「という事は、桑田から連絡を入れたという訳でしょうね。二人は何時まで一緒にいたのか?」

「二時過ぎまで一緒だったと言っています。かなり日本酒を飲んで、酔っ払って店を出たところで別れたらしいです」

「構内カメラに写っている男は、熊川ではない?」石山田だ。

「聞き取りに立ちあった刑事は、写っているのは熊川ではないと言っていますね。構内カメラの画像をお二人に見てもらった方が良いですね」

松屋は手帳を閉じて席を立った。暫くしてパソコンを両手に抱えて戻った。

河村と石山田は、パソコンの画像を見たが、マスクをした顔は若そうだ、という事しか分からなかった。今も、駅構内、電車内でマスクをする人は多く、夏でもマスクをしている人間に違和感を持つ人はほとんどいない。

「これを見る限り、ぶつかったというより、ぶつかりに行った感じですね」

河村は、石山田に同意を求めるように言った。

「そう見えるな」石山田は腕組みをした。

「当面は、自殺を含めた事故と事件の両面で行く事になります」

松屋はそう言うと、溜息ともつかない息を吐いた。

「桑田の持ち物に気になるような物はありませんでしたか」

松屋は「ちょっと待って下さい」と席を立つと、また会議室を出た。暫くして戻ると、一枚の写真を手にしていた。

写真を二人の前に置いた。

「スマホ、財布、鍵の他には、駅のコインロッカーの預かり証とでも言うんでしょうか、今は鍵じゃないんですね。交通系ＩＣカードがカギ代わりに使えるそうですよ。これがポケットに入っていただけでした。家族が来たら渡すことになると思います」

「新習志野駅のコインロッカーですか……」

河村が、写真をじっと見て呟くように言った。


その日の夜、空木が平寿司でビールから焼酎の水割りに変えて飲み始めた頃、石山田と河村が「お待たせしました」と暖簾をくぐり、カウンター席に座った。

「桑田は自殺だったのかい？」空木は、二人とビールの入ったグラスを合わせると同時に訊いた。

「自殺は疑わしいですね」河村が答えると、石山田も頷いた。

「ホームのカメラで見る限り、桑田は若い男に後ろからぶつかられて落ちたように見えた。酒も入っていたせいもあったんだろうな、踏みとどまる仕草も無いぐらいに落ちていた。それも電車が入って来るタイミングに合わせたように落ちた。あっという間の轢死、即死だったと思うよ」

「熊川は？」

空木の問いに、河村は、武蔵野東署で松屋刑事から聞いた、熊川への署員による聞き取りの概略を伝えた。

「熊川が桑田と、どんな話をしたのか知らないが、桑田が死んだのは熊川にとってはありがたいだろうな」

「それはどういう意味なんだ」と石山田はビールを注ぐ手を止めた。河村も空木に顔を向けた。

「……これは俺の推理なんだけど、国立駅でのひったくり事件は、桑田が木内を唆(そそのか)して盗らせたのは事実だ。でも、その桑田にデータを病院に持って行かせないように指示したのは熊川なんだと思う」

「熊川も教唆犯という事ですか。しかし、桑田は全て自分が考えて木内を唆(そそのか)したと供述している以上は……」

「桑田が、何故熊川をかばっているのか分からないけど、熊川が桑田に指示した事は間違いないと思う」

「健ちゃんが、そう確信する理由は？」

「熊川と植草院長の関係さ」

「植草……」

　植草の取調べを担当した石山田にとって、植草の名前がここで出てくるのは意外であり、長年の刑事としてのささやかなプライドが揺らいだ。

「二人は昔からの付き合いで、家族ぐるみの付き合いもしている。その植草は、例の入院患者さんの死亡事件のカモフラージュの為に、薬の副作用に見せかけようとした。熊川にセロンというオーシャン製薬の薬の安全情報を、早く出すように頼んだんだ。熊川はそれを引き受けた。義理だけで引き受けた訳じゃない。合併した会社で自分の力を示すチャンスと考えたかも知れない。もう一つは、社外秘のデータを失えば、許可した人間の責任が問われる筈で、役員争いの人間を蹴落とす事にも繋がると考えた。一石二鳥、いやそれ以上だ。結果、熊川は桑田にデータを病院に持って行かせないよう指示した。これが俺の推理だよ。巌ちゃんは俺の推理をどう思う」

「……あり得るな。しかし植草の聴取では熊川の名前は出てこなかった……」

「それは仕方ないだろう。入院患者の死亡と、ひったくりが繋がるとは誰も考えないし、植草もひったくり事件の事は、知らなかった筈だから、熊川の『く』の字も出てこなかったんだろう。桑田が熊川から指示されたと供述しない限り、熊川の名前は表に出てこないよ」

「それを健ちゃんは気付き、俺たちは気付かなかったという事か。なんか嫌味な慰めだな」

「いやいや、悪かった。そういうつもりじゃなかったけど、言い方が嫌味に聞こえたか。すまない。たまたま俺の仕事上の繋がりがあったというだけなんだ」

「そんなに真剣に言い訳するなよ、余計落ち込む。それより植草だが、まだ地検に拘留されているだろう」

石山田は河村に顔を向けた。

「恐らくされていると思います。入院患者の死亡事件と、青山副院長の殺人未遂事件の二って取り調べを受けていますからね。植草の聴取に行きますか」河村は自分自身にも言い聞かせているようだった。

「ああ、行く」

「植草が吐けば、熊川を強盗教唆で引っ張れますよ」

河村の大きな声に、店主と女将が驚いたように河村を見た。

「馬鹿」

「すみません」

河村は、頭を小さく下げ、ビールを一気に空けた。

「ところで、ずっと気になっていたんですが、空木さんが桑田に会おうとしたのは何の為だったんですか」

「あれは実は、木内範夫の奥さんから会って欲しいと頼まれたんです」と前置きしてから、話し始めた。

木内香織は、桑田が亡夫と一緒に山に行っていた事を隠していたと知り、不信感を抱いた。更には、桑田が何故亡夫に書類を盗るよう指示したのかについても、疑念を持った事から、自分に桑田と熊川に一緒に会って欲しいと頼まれた事を、空木は説明した。

「それで、事件関係者は会う事は出来ないのかと聞いて来られたんですね」

「そうです。結局、俺も会えなくて奥さんに香織さんからの手紙を渡してきたよ。せっかく習志野まで行ったのにね」

「じゃあ、何故熊川に会おうとしたんだ」石山田だ。

「それは、俺が今、二人に話した推理を香織さんに話したからなんだ。香織さんは俺の推理を聞いて、真実を知りたいと言って会いに行ったんだ」

「会えたのかい」

「会えた」

「それで」

「俺の推理を熊川に話したよ。勿論、全否定したけど、植草の供述と、桑田の裁判の中で明らかになると言った時の熊川の顔は、明らかに動揺していたよ」

「……もしかしたら、それがきっかけで熊川は桑田の口を封じようと決めたんじゃないか」

「……だとしたら俺のやり過ぎか」

「いや、それはないでしょう。熊川はそれ以前から、桑田をどうするか考えていたように思います」河村は周りを気にするかのように声を押えて言った。

「何か根拠はあるのか」

「はっきりした根拠ではないんですが、桑田の聴取の時の様子を思い返してみると、何の躊躇(ためら)いも無く自分一人で考えたと供述していた事が、少し不自然だったようにも思えるんです。最初から誰かをかばう、つまり熊川をかばうつもりでいたかも知れませんが、熊川への切り札にしようと考えたとも思えるんです」

「切り札？脅しという事か。金か」

「金もあるかも知れないけど、桑田は会社の処分が気になっていたかも知れませんね。熊川は執行役員ですから、自分の処分を軽くしてくれる事を期待していたのかも知れません。処分によっては、退職金にも、次の就職にも大きく影響する筈ですから」

確かに河村の言う通りだと空木も思った。

自己都合で辞めたとは言え、空木には退職金は出たが、懲戒解雇にでもなれば退職金はゼロだ。それは家族もある桑田には辛すぎる。次の就職にも障りが出る。悪くても諭旨退職に、出来ることなら依願退職としたいところだろう。熊川のためにやった事だけにその思いは強い筈だと空木は想像した。

「そう言えば、武蔵野東署の話では、熊川は桑田から懲戒処分についての相談で会った、と言っているそうですから、その処分が軽く済むための、熊川への圧力の切り札にするつもりでいたとも考えられます」

「将来にわたって強請られるかも、と考えた熊川は、桑田が邪魔になった。確かに動機にはなるが、熊川は駅には行っていないぞ」

「誰かにやらせたんじゃないでしょうか」思いついたように河村が言った。

「誰かにやらせたら同じ事になるだろう」

話を聞いていた空木は、その可能性は捨てきれないと、頭の片隅で考え始めた。熊川にとって、心から信頼できる人間がいればやらせる事はあり得るだろう。裏社会との繋がりがあれば金次第でやる事は出来るだろう。共通の利益に生きる仲間が、利益を守る為ならやるかも知れない。

「巌ちゃん、所轄は熊川の周りの人間関係を調べるんだろうか」

「事故、事件の両面で考えると判断している以上、鑑取りは進める筈だが……。誰かにやらせた可能性があると考えているのか」

「……」空木は黙って頷いた。

頷いた空木だったが、誰かにやらせるのであれば、女性でも依頼は出来る事になる。もう一人、桑田を恨んでいるかも知れない人物がいるが……、嫌な憶測が脳裏をかすめた。その人物が桑田と熊川が吉祥寺で会う事を知っていたら……。国領駅から吉祥寺駅までは京王線で三十分とかからない。そんな事は無い。と空木は小さく頭（かぶり）を振った。

「空木さんどうかしたんですか？」河村が気付いた。

「いや、何でもないです。ちょっと気になる事を想い出しただけです」

空木は嫌な推測は胸に収める事にした。河村もそれ以上訊かなかった。

「係長、先ずは熊川を強盗教唆で引っ張りたいですね」声を押えた河村は、今度も周りを見た。

「青山も意識が戻ったという事だから、青山にも念のため聞き取りしてみよう」

「青山さんの意識が戻ったのか、それは良かった」

空木は、心底から（良かった）と思った。六月に池永由加が鳳凰山（ほうおうざん）で滑落死した事件に関わる事から始まって、武蔵国分寺病院の岩松兼男の死亡事件、データのひったくり事件に端を発しての木内範夫の本社ヶ丸（ほんじゃがまる）での滑落死、そして青山の跨線橋からの転落と続いた中で、青山の死からの生還ともいえる意識の回復は、空木にとっては唯一の朗報と言うべき出来事だった。

## 4

八月の民族大移動が始まった十三日土曜日の朝、空木の携帯に石山田から電話が入った。

「武蔵野東署から問い合わせで、木内香織はどういう女性か教えて欲しいと訊いて来たぞ。亡くなった強盗傷害犯の奥さんだという事しか情報は無いと答えておいたよ。何でも、桑田が預けた新習志野駅のコインロッカーの中に、木内香織宛の封書があったらしい」

「封書？内容は？」

「本人に連絡が取れたそうで、本人に開封してもらうまで内容は分からないと言っているが、内容次第ではまた連絡が来るだろう。俺と河村は、今から地検の立川支部に行って、植草に会って来る」

石山田からの電話を終えた空木は、その携帯でオーシャン製薬の竜野部長の携帯に電話した。強盗教唆、強盗幇助の罪で逮捕、起訴された桑田弘の社内処分の経過（もしかしたら既に結果かも知れない）を知っておきたかった。合併会社であるオーシャン製薬が、どういう姿勢を示すのか。単なる強盗教唆ではない、自社の機密書類を理由はどうあれ盗めと指示した事を、社内でどう判断し処分するのか。そして弁明の機会を与えるのだろうか。好奇心もあるが、それよりも処分内容によっては、桑田の熊川への対応は大きく変わる筈だと思うからだった。

竜野は、桑田弘の轢死を聞いてひどく驚いた。

「中央線で死亡事故があった事はニュースで聞いていましたが、まさか桑田GMだったとは驚きました。会社は休みに入っていることもあってその情報は入っていないかも知れません。飛び込みでしょうか……」

やはりそこが気になるのだろう。罪を悔い、将来への絶望感から自死を選択したのではないかと考える。特別おかしな想像ではない。

「それが事故なのか、飛び込みなのか分からないそうです」

空木は、さすがに、誰かに押されたかも知れないとは口にしなかった。休み中を承知で、突然電話をした理由については、桑田が自死を選んだとしたら、会社の処分結果が影響したのではないかと思い、調査を請け負った人間として知りたくて電話をした、と説明した。

「社外にはまだオープンにはなっていません。お世話になった空木さんだけにお話ししますが、懲戒解雇に決まったようです」竜野の声は、近くに誰かがいるのか、低く抑えた声になった。

「それは何時決まったのかご存知ですか」

「今週の月曜日、八日だと思います。桑田ＧＭには、即日内容証明付きの速達で通知されていると聞きました」

「即日解雇ですか」

「そう聞きました」

「懲戒解雇ですか……、厳しい処分ですね」

「合併会社だけに、社内統合面から考えても厳しくせざるを得なかったんじゃないでしょうか。退職金も出ませんからね。確かに厳しいですよ。桑田ＧＭもこんな事になるとは思ってもいなかったのではないでしょうか」

空木は、社内情報を教えてくれた礼を言って電話を切り、ベランダへ出た。暑かった。

桑田は九日か、遅くても十日には、処分を知ったことだろう。どんな思いになっただろう。罪を悔いたのか、恨みは、悔しさは無かったのか。絶望感は抱かなかったのか。その通知で処分を知った後の十一日に、熊川に処分の件で会ったとしたら、どんな話をしたのだろう。何とか処分を軽く出来ないか頼んだのか、それとも退職金と同様の金を出して欲しいとでも言ったのだろうか。口止めの交換条件を出しながら交渉？いや脅したのかも知れない。そんな雰囲気の中で酒を飲んで酔えるのか。熊川は酔ったという。もしかしたら熊川は、酔った勢いで俺に任せろ、心配するなとでも言って桑田に酒を勧めたのではないか。

これから桑田の家族はどうするのか。空木の目に、習志野のマンションのエントランスで、木内香織からの手紙と云って渡した時の、桑田の妻の不安げな顔が浮かんだ。

部屋に戻ると、テーブルの上のスマホがまた鳴った。画面には木内香織と表示された。

「やっと繋がりました。良かったです」

香織は何度も電話をしたが、話し中で繋がらなかったと言った。

空木は、香織の声を聞き、僅かに身構えるような緊張感を持った。それは（もしや）という香織への疑念の所為だった。

「空木さん、警察から連絡があって、桑田さんが電車事故で亡くなったそうです。それで、桑田さんが私に宛てた手紙を残していたそうで、警察まで来て欲しいと言われたんです。急なお願いで申し訳ないのですが、一緒に来ていただけないでしょうか」香織は心細げな声ではあったが、一気に話した。

「ちょっと待って下さい。奥さんは、桑田さんの事故は知らなかったんですか」

「はい、全く知りませんでした。さっき警察からの電話で初めて知りました。空木さんはご存知だったんですか」

「私は警察に知り合いもいることもあって、昨日知らされました。……ところで、奥さんは、桑田さんと熊川さんが吉祥寺で会う事を聞いていませんでしたか」

空木は、モヤモヤした気持ちで話し続ける事が出来なかった。

「……何です？ 桑田さんと熊川さんが会っていたなんて私知りませんよ。お二人は会っていたんですか」

（知っていました）と答えるとは思っていない空木だったが、香織の驚きの反応を感じさせる声は、空木にいくらかの安堵感を与えた。

「会っていたと聞きました。桑田さんはその後、ホームから転落して電車に轢かれてしまったようです。奥さんは本当に知らなかったんですね」

「ええ、知りませんでした。二人は何を話していたんでしょう」

「会社の懲戒処分の話だったと聞きましたが……」

「会社の処分ですか？」

空木は（そうだった）と。香織の亡夫の木内範夫も亡くなったとはいえ、強盗という罪を犯していたのだと。会社の処分は、桑田同様に通知されているのかも知れないと改めて思った。

「お聞きし難い事なんですが……、木内さんには会社から、何らかの通知はありましたか？」

「いいえ、何も。桑田さんには届いたんでしょうか」

伝えて良いものかどうか、空木は躊躇（ためら）ったが、木内範夫が被害者である片倉隆文に宛てた手紙の存在、つまり罪を悔い、行為を詫びた手紙の存在が会社に伝わり、それで処分の差が生じたと考えれば、伝えるべきだと決めた。

「口外しないで下さい。特に会社には問い合わせなどしないで下さい。桑田さんは、懲戒解雇の処分に決まったそうです」

「懲戒解雇……。主人の所には、家（うち）には何も連絡が無いのに……。主人が亡くなったからでしょうか」

「分かりませんが、ご主人が罪を悔いて、ご家族を想う気持ちが会社に伝わったのかも知れませんね」

「……もしかしたら、桑田さんは自殺したのでは……」

香織の不安げな声を聞いた空木は、武蔵野東署に同行する事を承知した。


二人が、武蔵野東署に着いたのは、午後一時過ぎだった。

空木の差し出す名刺を見た松屋刑事は怪訝な顔をしたが、桑田を良く知っている人物だという香織の説明と、空木の口から石山田と河村の名前を出したことで、同席を了承した。

松屋刑事は会議室に案内した二人の前で、一通の封筒にはさみを入れ開封した。その封筒には、木内香織の住所と名前が書かれ、切手も貼られていた。これが新習志野駅のコインロッカーに残されていた物かと、空木は身を乗り出すように覗き込んだ。

桑田は一体何の為にこの手紙をロッカーに残しておいたのか。切手を貼っているという事は、投函する準備をして熊川に会いに行った。何故、持って行かずにロッカーに残したのか。

香織は、手紙を抜き出し読み始めた。読み始めて直ぐにその顔が強張り、眉間に皺が寄った。そして、読み終わると、松屋刑事に戻さずに、空木に「空木さんが渡してくれた手紙に桑田さんは答えてくれました」と言って手紙を渡した。

その手紙にはこう書かれていた。

木内香織様

貴女がこれを読んでくださっている頃には、私はもうこの世界にはいないかも知れません。この手紙は、貴女の私への不信と疑問に答えなければならないと思い、書くことにしました。それが死んだ木内君への償いだと思っています。

一　データを盗る事を考え指示したのは熊川営業本部長です。病院薬剤師である息子に眠剤を用意させ、私に渡しました。私はその眠剤を使い、木内君がデータを盗る手助けをし、木内君に実行させせました。

一　本社ケ丸(ほんじゃがまる)で木内君を助けなかった事は、心の底から後悔しています。木内君は、先輩の私からの頼みを断れず、書類をひったくった事を後悔し、そして警察に申し出て、被害者の片倉に謝罪した上でデータを会社に返すと言い、私の説得に耳を貸しませんでした。木内君の行動は、今から思えば人間として当然の事だったと思います。山に登ったあの日、山頂での私の説得に嫌気がさしたのか、木内君は私から離れたかったのか凄いスピードで下り始めました。そして岩場で足を踏み外し滑落してしまったのです。私は助けようと滑落した場所まで下りました。木内君はその時、息はありましたが意識はありませんでした。私は尾根まで登り返して携帯で救助要請しようとしましたが、このままにしておけば木内は必ず死ぬという考えが浮かび、木内君一人の犯行にして責任を負わせようとしました。木内君には心からすまない事をしたと悔やみます。

一　葬儀の時、何喰わぬ顔で奥様にお会いしました。もう後には引けませんでした。木内君一人に罪を負わせることしか考えていなかったからです。

改めて、深く、深くお詫び申し上げます。

最後に、この手紙を空木という探偵に渡し、熊川貞道に罰を与えてくれるように依頼して下さい。お願い出来る立場にない事は重々承知していますが、お願いします。

読み終わった空木は、手紙を松屋刑事に渡して考えた。

桑田はある覚悟を持って熊川に会いに行ったのではないか。懲戒解雇を諭旨退職、悪くても諭旨解雇にしてくれないかと頼みに行ったのではないか。既に処分は出ているが、指示をしたのは熊川であり、納得出来なかった。退職は受け入れても、家族の為にはせめて退職金は手にしたかったのではないか。このままでは退職金も出ずに退職することになる。それが叶わなければ退職金に見合う金銭を要求したのかも知れない。桑田は要求が通らなければ、警察に、若しくは裁判で、熊川の強盗教唆と、息子が眠剤を用意した事を証言する、とでも言ったに違いない。熊川が要求を受け入れれば、この手紙を没にする。受け入れなければ、木内香織宛に投函し、自死する事を考えていたのではないか。せめて生命保険金を家族に残す為に。吉祥寺までこの手紙を所持して来なかったのは、万が一を考えたのではないか。万が一、熊川に殺害されれば、この手紙は熊川の手に渡ってしまう事を考えたのだ。いずれにしろこの手紙を木内香織が読む時には、桑田は死んでいる事を想定した手紙だ。

空木はそんな推理をしたが、桑田は推理通り死を覚悟したなら、生きて全てを証言すべきだったのに、それをしなかった。真に家族を想う気持ちがあったら、生きなければならなかった筈だ。やはり桑田は独りよがりの人間なのだと。

そして空木には、もう一つこの手紙に、ある推理を呼び起こさせる記述があった。

手紙を読み終えた松屋刑事は「自殺なのか……」と呟いた後、「国分寺署に連絡して熊川を引っ張ってもらおう」と隣の刑事に指示した。

刑事は席を立ち、暫くして戻った。

「国分寺署は、既に熊川を任意で引っ張ったそうです」

「早いな……」松屋は不思議そうな顔をした。

「国分寺署の扱っている別の事件の容疑者からの証言で、強盗教唆容疑だそうですが、手紙を国分寺署に送って欲しいそうです」

刑事の報告に、松屋は「ほー」と言って頷いた。

二人のやり取りを聞いた空木は、石山田と河村は植草か青山のどちらからか、証言を得たのだと確信した。

手紙を読んだ空木には、新たな仕事を請け負った感があった。それは、熊川貞道に罰を与えて欲しいという桑田の手紙文末の依頼よりも、熊川父子に罪を償わせなければならないという思いがより強くなっていた。

武蔵野東署を出た空木と香織は、ＪＲ三鷹駅に向かい歩き始めた。

「桑田さんも被害者だったのですね」

日傘を差して歩く香織は、前を向いたままポツリと言った。

「桑田さんを恨みませんか？」

空木は、口にしたかった事を訊いた。

「……分かりません。でも恨みを抱えたまま生きて行くのは、つまらない人生になりそうな気がします。許せませんが、恨みはしたくないです」

二人は三鷹駅で別れた。香織は別れ際に再び、「ありがとうございました」と深々と体を折った。


その夜、空木は石山田の携帯に電話を入れた。武蔵野東署に木内香織に同行して桑田が香織宛に書いた手紙を読んだ事を伝え、石山田たち国分寺署が、熊川貞道を任意同行した事も武蔵野東署で聞かされた事も話した。石山田は、武蔵野東署から連絡を受けた際に、空木の身元確認を受けたことから木内香織と署にいる事は承知していたが、空木がいつも自分たちより一歩先の情報を掴んでいる事が不思議だと言った。

空木は、ひったくり事件の参考人として熊川貞道の息子を聴取するつもりはないか、石山田に訊いた。

「武蔵野東署が送ってくれたその手紙で、息子も強盗幇助の疑いで聴取する事になったよ」

と石山田は答えた。

「その息子の写真を武蔵野東署に送って、吉祥寺駅で桑田にぶつかったという男と照合してみたらどうかと思うんだ。探偵の俺が差し出がましい事だとは思うけど、熊川父子(おやこ)にとって桑田は共通の不利益を生じる邪魔な人間で、熊川にとって息子は最も従わせ易い存在のような気がするんだ」

「つまり、親父(おやじ)が指示して息子が桑田を転落させたって事か?」

「その可能性を疑ってみるという事だけど、どう?」

「分かった。向こうに話してみる」

# 5

翌日の日曜日、国分寺署で前日からの聴取を受けていた熊川は、武蔵国分寺病院の院長だった植草の供述と、桑田の書いた木内香織に宛てた手紙を見せられ、強盗教唆を認め、逮捕された。

午前中に強盗幇助の疑いで任意の聴取を受けた息子の熊川一義(かずよし)は、父親の自供、逮捕を伝えられ、勤務先の城西医科大学病院薬剤部から持ち出した眠剤を、磨り潰して父親に渡した事を認めた。が、何に使うのかは知らなかったと供述した。

聴取に当たった河村刑事は、熊川一義の前後左右からの写真を撮り、石山田から指示された通り武蔵野東署に送信した。

石山田は武蔵野東署の松屋刑事に、「息子の一義は、父親の貞道に頼まれて虚偽の証言をした事がある」と署員からの情報を伝えた上で、送信した一義の写真と、吉祥寺駅で桑田にぶつかった男の同一性を鑑定照合してみたらどうかと提言した。

武蔵野東署は、熊川一義の八月十一日の足取りを追うために、現住所の最寄り駅の浜田山駅、京王吉祥寺駅、そして吉祥寺駅前のサンロード街、鰻屋付近の防犯カメラを調べた。

その結果、桑田がホームから転落、轢死した十一日午後二時二十五分の七分前に桑田の後を追うようにJR吉祥寺駅の改札を通る一義らしい男の姿が確認され、更に、二時二十八分に京王吉祥寺駅の改札を通る同じ男が、更には、二時四十五分頃浜田山駅の改札を通る一義らしき男の姿が確認された。

武蔵野東署は、熊川一義から、任意の聴取をするとともに、桑田に後ろからぶつかった男の映像と、国分寺署から送信されてきた一義の写真の同一性の照合鑑定を、警視庁の科捜研に依頼した。

国分寺署の事情聴取に続いての武蔵野東署の聴取に、熊川一義は憔悴感を漂わせていた。

JRの吉祥寺駅に数分間いた理由を一義は、京王線の改札と間違えて入ってしまったと落ち着き払って説明した。

桑田弘とは一度も会ったことも無く、桑田にぶつかった男は、自分ではないと言ったが、科捜研での照合結果が出ると黙秘した。

武蔵野東署は、既に強盗教唆の容疑で国分寺署に逮捕送検され、身柄が地検に移された熊川貞道の聴取を申請、聴取した結果、桑田と息子の一義は面識がある事が分かった。僅か半年前、北日本薬科大学東京地区同窓会で同じテーブルにいた事、そして名刺交換もしていた可能性がある事が分かった。そして、熊川貞道のスマホに残されていた息子一義とのメールのやり取りが、デジタルフォレンジックによって明らかにされ、桑田を吉祥寺駅のホームから突き落とすよう貞道から指示されていた事が判明すると、一義は全てを認めた。

八月七日日曜日の午後、父親の貞道からの電話で吉祥寺の実家に来るように言われ、行くと、桑田弘からの電話で脅された事を聞かされた。桑田は、会社を解雇されたのは貞道の所為であり、三千万円の金を要求された。払わなければ熊川親子が、強盗を指示し、眠剤を手配した事を警察に話すと脅された。貞道からは、仮に今回三千万払っても、また強請ってくるから桑田を何とかしなければならないと言われた。そして、八月十一日木曜日に会う事になっているから、帰りのホームで突き落とすように指示された。その当日は、鰻屋で桑田と会っている貞道からのメール連絡を、吉祥寺駅で待った。メールは午後二時過ぎに桑田が駅に向かったと入り、それから十分程して桑田が駅に来た。顔を知られているので、人混みに紛れて隠れるように後ろに付いた。中央線の上りホームの前寄りに向かった桑田は、都合よくホームの端をふらつくように歩いてくれた。上り電車が入って来たことを確認し、背後からぶつかると、思った以上に勢いよくホームから落ちていった。その後は、急ぎ足で京王線の改札口に向かい、浜田山の自分の部屋に真っ直ぐ帰った。桑田がどうなったかは、二日後にネットで知った。大変な事になったと思ったが、父からの指示は絶対であり、どうする事も出来なかった。北日本薬科大学への進学も、就職も、植草先生のお嬢さんと付き合うために前の彼女と別れたのも、植草先生の為に嘘の証言をしたのも、全て父の指示通りにしただけだった、と供述した。

強盗教唆、幇助の罪で逮捕起訴された熊川貞道は、桑田弘の殺害に関しての殺人教唆、幇助の容疑で再び逮捕された。

熊川は、桑田に懲戒処分を軽く出来ないなら、退職金に見合う金銭を要求された。要求を聞かなければ、親子のした事を全て話すと脅され、殺すしかないと思ったと供述した。植草の要求に応えようとしたのも、桑田の殺害も全て息子のためを思っての事だったと。

取調べに当たった松屋刑事は、「息子のためを思って、息子に人殺しをさせる親がどこに居る。この親にしてあの息子ありだ。薬を扱う立場にいる人間とは思えん」と吐き捨てるように言った。

空木に石山田から誘いの電話が入ったのは、空木が報道で熊川父子の殺人、殺人教唆の容疑で逮捕、起訴された事を知って数日経った、虫の音が幾分涼しさを感じさせ始めた頃だった。

平寿司の暖簾をくぐると、女将と店員の坂井良子の声に迎えられた。

石山田は既にビールを飲み始めていた。カウンター席に座る石山田の隣に座った空木は、いつものように鉄火巻きと烏賊刺しを注文し、ビールグラスを石山田のグラスと合わせた。

「お疲れさま」どちらからともなく声を掛け合った。

石山田は、武蔵野東署の松屋刑事から聞いた、熊川父子の供述のあらましを空木に伝えた。

空木は黙って聞いていていた。

「とんでもない親子だったんだな。彼女と別れろと言う親も親なら、別れる息子も息子だ。その彼女もいい迷惑だ。嘘を言えと言えば嘘を吐く。人を殺せと言われればホームから突き落として殺してしまう。それを息子のためだと言う親父(おやじ)と、親父の言う通りにする息子。今どき、こんな親子がいるとは信じられないな。俺(おれ)ん家(ち)の娘なんか、俺の言う事なんて聞きゃしないよ」石山田は言ってビールを空けた。

「……母親はどんな気持ちでいるのかな。可哀そうな気がするよ」

空木もビールを静かに口に運んだ。

「超ワンマン親父という事か」

「言ってしまえばそういう事だけど、会社の中で権限が増していけばいく程に、家庭でのワンマンぶりも酷くなったのかも知れないな。組織というのは恐ろしい。人を間違った方向に惑わせる。自分には凄い力がある、能力があると勘違いさせるんだ」

「桑田はその被害者という事か……」

「加害者でもあり、被害者でもあるんだろうけど、桑田は本当に殺されたんだろうか……」

「今更、何を言うのかと思ったら。所轄が聞いたら怒るぞ」

「桑田は殺された事に違いはないんだ。ただ俺は、桑田は熊川の息子が付けて来るのを知っていたような気がするんだ」

「確かに桑田と息子は、面識があったみたいだけど、知っていたら声も掛けるし、簡単に突き落とされはしないんじゃないか」

「生きる事を前提に考えればそうなんだ。でも、桑田が死ぬつもりだったら、と考えると……。桑田は、熊川から金は払わない、暴露しても良いと、全ての要求を無視されたんじゃないか。全て拒否される事も考えて、木内香織宛の手紙をロッカーに入れて置いた。投函して死ぬつもりでいた。もう一つの俺の推理は、熊川に殺害される可能性も考えていたと思うんだ。だから手紙を持って行かなかった。持っていたら万が一熊川に奪われて捨てられるかも知れないからね。そう考えると、桑田は息子を見た時、（もしや）と思ったんじゃないか。ホームの端を歩いたのは桑田の誘い、罠だったかも知れない」

「罠？」

「熊川父子を殺人犯にするための覚悟を持った罠だったかも……」

「考えすぎだろう」

「そうかも知れない。でも、息子がぶつかって来た瞬間、（やったな）とでも思ったかも知れない。生命保険のお金を家族に残した上に、熊川にアベンジ出来るからね」

「アベンジ？」

「桑田なりの正義感さ」

「ふーん、やっぱり考え過ぎだろう」

「……何の証拠もないからな」空木はそう言いながらも、心の中では、命と引き換えの桑田のアベンジは成功した、と思うのだった。

九月に入った土曜日の夕方、空木は、武蔵国分寺病院の外科医、水原悟（みずはらさとる）から誘いを受けて、吉祥寺南町のスナックに入った。この店は、吉祥寺駅の南口から歩いて五分程の飲食ビルの二階にあった。

空木は、この店に入るのは三度目だった。以前の二回は、鳳凰山で転落死した池永由加の友人で、鳳凰山に一緒に登った高野鮎美（たかのあゆみ）を訪ねて来ていた。

店のドアには、貸し切りの紙が貼られていた。店内には、ママと従業員の高野鮎美の他に、水原と武蔵国分寺病院の看護師の内村理沙（うちむらりさ）と井川房恵（いかわふさえ）、オーシャン製薬の堀井文彦（ほりいふみひこ）、万永（まんえい）製薬の飯豊昇（いいでのぼる）が来ていた。

二つのボックス席のテーブルには、オードブルとサンドウィッチ、ビールが置かれていた。

「空木さん、ようこそ」水原の声を合図に、皆が「お疲れ様」「お久し振りです」「今晩は」の声が飛び交った。

空木の到着を待ちかねたかのように、それぞれのグラスにビールが注がれ、水原が立ち上がった。

「みんな準備はいいですか。それでは一言挨拶します。今日は、サークルの命名式と、秋の山行打合せに、皆さんがお世話になった空木さんに来てもらいました。それでは、『秘密の山の会』が今後とも楽しく、仲良く山登りが出来る事を願って、乾杯！」

水原が声を上げると、皆が声を揃えた。

「『秘密の山の会』ですか。命名の理由を訊きたくなる名前ですね」

空木が水原に声を掛けた。

「そうでしょう。皆で相談したんです。六人の名前の名字の頭文字を並べたんですよ」

「え、頭文字ですか……」

「堀井のH、飯豊のI、水原のM、井川のI、高野のT、内村のUを並べて、HIMITUです。中々良い名前でしょう」水原は嬉しそうに説明した。

「六人以外の方は、入会できませんね」

「いえいえ、スタートメンバー六人の名前を並べただけですから、誰でも入会できますよ。空木さんも入りますか。来月の初旬に北アルプスの涸沢（からさわ）に、テント泊で行く予定なんですが、一緒に行きましょう」

「初秋の涸沢ですか、良いですね。ナナカマドが赤く紅葉して、穂高の山には白い雪がかかる。モルゲンロートに染まる早朝の奥穂高岳、涸沢岳、北穂高岳は絶景ですからね。ご一緒したいところですが、通院付き添いの仕事が詰まっていて無理です。六人で楽しんで来てください」

「前回の甲武信ヶ岳（こぶしがたけ）はちょっとしたアクシデントがありましたから……。もう、内村さんと井川さんの間には全くわだかまりもありませんから、楽しめると思います」

水原は、内村理沙と井川房恵に目をやった。二人は同じボックス席で楽しそうに話していた。

そう言えば、この六人の甲武信ヶ岳の山行での、内村理沙の転倒事故から、事故、事件が続いたんだと空木は思い返した。

眠剤が入れられたコーヒーを飲んだ内村理沙は、軽い怪我で済んだが、鳳凰山で飲んだ池永由加は死んでしまった。更には、ＫＣＬ注射用キット一本で死亡するとは思っていなかった佐野美佐にとって患者が死んでしまったのも、岩場で滑落した木内範夫を桑田弘が救助要請せずに死んでしまったのも、『未必の故意』と言われる行為だった。

「……高野さん、紙とペンを貸してくれませんか」その時空木はある事が頭に浮かんだ。

　高野鮎美が用意した紙に、『ＨＩＭＩＴＵ』と書いた。そして、ＨとＭを入れ替えてみた。

『ＭＩＨＩＴＵ』となった。『未必』と読めた。『未必の山の会』だったかも知れない、と一人合点した。

「高野さんは、池永由加さんの事故に遭ってから、山はもう行かないって言っていませんでしたか？涸沢には行くんですか」空木は紙とペンを返しながら訊いた。

「愛に言われたんです。私の所為で山を辞めて欲しくないって」

「愛さんというのは、望月愛（もちづきあい）さんですか。由加さんを死なせてしまった彼女にしたら、高野さんが好きな山登りを辞めるのは、自分が辞めさせたと感じて辛いのかも知れませんね」

「愛もそう言っていました。……その愛から聞いたんですけど、どの駅なのか忘れましたが、ホームから人を突き落として殺した犯人は、愛の元カレだったそうです。そんな男に振られた事で、由加を妬（ねた）んだ自分が恥ずかしくて、悔しいって。由加にあのコーヒーを飲ませて死なせてしまった事が悔やんでも悔やみきれないって泣いていました」

「……」

　高野鮎美の話を聞いた空木は、体に電気が走り、ピクリともしなかった。

「空木さん、空木さんどうしました」

鮎美の声に空木は我に返った。

「……犯人の元カレというのは、熊川一義という名前じゃないですか」

「そうです、熊川という名前でした。空木さん、ご存知なんですか」

「……いえ、ニュースで見て憶えていて驚いたんです」

空木は咄嗟にごまかした。というより、言葉が出てこなかった。

こんな事があるのか。吉祥寺駅のホームから、桑田を突き落として殺害した熊川一義が、望月愛の別れた彼氏だったとは。武蔵国分寺病院の院長だった植草の娘と結婚させるために、熊川は息子の一義に、付き合っていた彼女と別れるよう命令した。息子は異を唱えることなくその命令に忠実に従った。付き合っていた彼女とは望月愛のことだったのだ。その望月愛は、その突然の別れにショックを受け、落胆し、結婚予定だった親友の池永由加を妬み、死なせてしまった。が、死なせたのは彼女ではない、熊川父子だったのだ。

「……由加さんを殺したのは、熊川父子じゃないか」怒りを込めて空木は呟いた。

了

# 未必の山
―MIHITU―

二〇二四年七月一日　初版第一刷発行

著　者　聖　岳郎
発行者　谷村勇輔
発行所　ブイツーソリューション
〒四六六・〇八四八
名古屋市昭和区長戸町四・四〇
電　話　〇五二・七九九・七三九一
FAX　〇五二・七九九・七九八四
発売元　星雲社（共同出版社・流通責任出版社）
〒一一二・〇〇〇五
東京都文京区水道一・三・三〇
電　話　〇三・三八六八・三二七五
FAX　〇三・三八六八・六五八八
印刷所　藤原印刷

万一、落丁乱丁のある場合は送料当社負担でお取替えいたします。ブイツーソリューション宛にお送りください。

ISBN978-4-434-34113-7